EL DESEO EN QUE TE HABITO

Diego Jaramillo

Título: El deseo en que te habito
Autor: Diego Jaramillo
Número de Edición: 1
Edición 2026

ISBN Edición impresa: 978-628-02-2551-7

Corrección de estilo: Amparo Rozo
Maquetación: Sergio Cruz

Queda hecho el depósito legal.

Para N.B., mi amado lector.

«Te amaré o te desearé, como tú quieras y como yo quiera, ¿por qué no?».

«Sentí entonces un gozo que casi podría definir como terror».

Yukio Mishima, *Confesiones de una máscara.*

Era sábado, el día que más le gustaba a Antonio Restrepo. El sofoco del mediodía se colaba por las ventanas entreabiertas y anunciaba una tarde lluviosa. Se apresuró a apagar su portátil, recoger los libros dispersos sobre el escritorio y tender la cama.

Como de costumbre, llegaría tarde al almuerzo de los sábados con su madre, un hábito que mantenía desde su emancipación diez años atrás. Llegar con retraso le generaba un malestar interno que lograba indisponerlo, pero que sorteaba hábilmente con justificaciones a medias para sí mismo, como un intento de autoengaño que le brindaba cierto confort.

Regó con diligencia su pequeña colección de cactus y suculentas alineadas junto a las ventanas. Recogió algunas camisillas regadas en el sofá y en las sillas de la barra, tiró su pantaloneta y sus interiores en la canasta de la ropa sucia, y antes de meterse a la ducha, se detuvo desnudo frente al espejo de cuerpo entero y se observó con reserva. Recorrió su figura de arriba abajo con una mirada dubitativa y pronunció lentamente para sí mismo ese nombre sacrílego: Alex. Sus pensamientos se disiparon por completo y entró en una especie de trance. Parpadeó, y segundos después, un agua tibia se deslizaba por su cuerpo jabonoso y un tenue vapor empañaba el espejo.

Tardó un par de minutos en resolver qué llevaría puesto, la duda constante lo acompañaba a lo largo de su vida. Se cuidaba de no usar la ropa muy ceñida cuando visitaba a su madre, pues en anteriores ocasiones le había lanzado mordaces comentarios o lo reparaba con miradas incisivas de arriba abajo, que él no se tomaba muy bien. Abrió el *closet* y observó esos pantalones a cuadros que había comprado recientemente en un sitio en Internet y se preguntó: «¿Por qué no?». Al fin, se decidió llevarlos con una camisa blanca de manga corta y bolsillo gris, y unos tenis azules de tela, atravesados por una línea blanca en los costados. Subió corriendo la escalera en forma de caracol hacia el cuarto principal a buscar en la cómoda las medias apropiadas para su atuendo y tardó en encontrar un par completo. Se impacientó al punto de culpar a Candelaria, la señora que le ayudaba una vez por semana con los oficios del apartamento, pero, en el fondo, sabía que desde que tuvo uso de razón le costaba encontrar sus pares de medias, e incluso había adquirido la peculiar costumbre de usarlas disparejas para salir del paso.

Una vez vestido, entró nuevamente al cuarto de baño a organizar su cabello, que desde meses atrás notaba menos abundante que de costumbre. Pasó su mano untada de cera por varios mechones y los extendió hacia el frente para dar un efecto más voluminoso y moderno. Esparció un poco de loción alrededor de la nuca y en los antebrazos y cepilló con apuro sus dientes mientras las chispitas de crema dental se adherían al espejo. El aroma dulce y *maderoso* había inundado en pocos segundos cada rincón del pequeño apartamento. Aquella fragancia actuó como un detonante inmediato; le hizo revivir el esbelto pecho bronceado de Alex, que en sus fantasías siempre olía así, a Ralph Lauren o Jean Paul Gaultier. Reapareció en su mente el fugaz beso que se dieron años atrás y que se atenazó en su memoria como las afiladas garras de una fiera.

Justo ese día lo recordó profusamente y una súbita fantasía lo invadió. Imaginó encontrarlo afuera esperándolo para ir a dar un paseo a la hacienda La Gracia, tal y como él se la había descrito en sus relatos de la época escolar y como el mismo Antonio pudo divisarla desde afuera en su año de servicio militar. Se sumió en ese espejismo por unos minutos y le pareció tan real, que al salir del ascensor y pasar por la puerta del edificio pensó que allí estaría esperándolo. Pero no era más que una trampa de su mente para sortear una invariable soledad que se había convertido en una constante en los últimos años.

El brillante sol y la bochornosa tarde lo tomaron por sorpresa y de una bofetada lo sacudieron de su entelequia. Afuera lo esperaba el vehículo que minutos antes había solicitado a través de una aplicación móvil y que lo conduciría a casa de su madre. Por la ventana observó las huellas de Medellín, una ciudad que cambiaba vertiginosamente y que, sin ningún miramiento, enterraba los vestigios de un pasado teñido por el narcotráfico, que casi nadie quería recordar. Tal vez, los constantes cambios sin considerar la preservación del patrimonio eran signo de una sociedad que quería enterrar su historia, ocultar la vergüenza y disfrutar un presente seductor y lleno de aforismos sobre el futuro.

Percibió con detalle cómo el paisaje circundante se iba reformando con el paso del tiempo en algunos de sus elementos constitutivos, y en otros, simplemente se había deformado. Ciertos lugares eran nuevos y otros pocos traían la impronta de los hechos y los recuerdos. Pensó en cómo todo cambiaba en apariencia, incluso las personas, pero su esencia se mantenía invariable con los mismos sentimientos y huellas que impregnan la historia. «Los cambios en las formas no necesariamente traen consigo cambios en la esencia», intuyó.

Al llegar a su destino, bajó del auto y miró con detenimiento su entorno. Unos tenues rayos de sol se esforzaban por iluminar el grisáceo cielo y un fuerte viento sacudía las copas de los árboles, emitiendo un silbido como si el dios Bóreas anunciara su paso por las contusas calles de aquel barrio antiguo. Recordó los exuberantes jardines de rosas y geranios, las ramas inundadas de saltamontes y las mariposas amarillas que revoloteaban cerca de la hierba y las flores. Pensó en la vida simple, sin tantos dramas, así como en las mañanas de cielo azul y clima primaveral en que su padre lo llevaba de la mano al Jardín Botánico o al parque de Bolívar. Se vio de pequeño en la acera, jugando a la pelota, evocó los encuentros con sus amigos en la adolescencia y las llegadas a casa después de la universidad. Le pareció que el tiempo había pasado demasiado rápido. Respiró profundamente y se armó de valor para encarar esos asuntos suyos, que consideraba inadmisible no haber resuelto con su familia, especialmente con su madre, ese ser al que tanto le debía pero que, al mismo tiempo, había demarcado su frágil corazón y le había infundido ese temor primigenio.

Tocó el timbre. Segundos después asomó a la puerta una mujer de avanzada edad, sonriente y tierna, con el cabello recogido y desteñido casi por completo por el paso de los años, con apenas unas delicadas arrugas en su rostro que denotaban lo benévola que había sido la vida con ella. Se saludaron con un protocolario beso en la mejilla, y Antonio ingresó al que otrora fuera su hogar.

Se dirigió al comedor y se sentó en un mueble color pardo junto a la pared en la que colgaba un gran reloj de péndulo desde los tiempos en que él aprendió a distinguir los objetos de su entorno. Contempló, absorto en sus pensamientos, la pantalla del televisor donde pasaban un programa de variedades al que no prestó ninguna atención. En realidad, escuchaba sus propias elucubraciones y calculaba las palabras que diría a su madre, liberando aquello que tanto le mortificaba. Ella merodeaba por la mesa, fingiendo que organizaba objetos, en tanto que escuchaba, con una media sonrisa la insulsa conversación de los presentadores, al tiempo que intentaba descifrar el desdibujado rostro de su hijo.

Helena lo invitó a pasar a la mesa y Antonio asumió una postura ceremonial, al tiempo que expulsaba por su boca eso que tanto le había dado vueltas en su cabeza:

—Mamá, quiero hacerte una pregunta...

—Dime, hijo.

—¿Me aceptas tal y como soy?

—¿A qué te refieres, mijo?

—Sabes a lo que me refiero, precisamente a eso que nunca se dice de mí.

—Hijo, háblame claro, me tienes confundida.

—Mamá, me refiero a que soy homosexual. ¿Aceptas lo que soy o simplemente te resignas?

Lo dijo con la voz un poco temblorosa y con la mirada perdida en la nada. No obstante, percibió de inmediato su incomodidad y cierta sensación de extrañeza en su expresión. El movimiento de sus manos reflejaba su atribulación por la pregunta inesperada y, sobre todo, por el tono de reclamo.

—¿Y a qué vienen esas preguntas ahora, pues? —repuso ella con un matiz de molestia.

—¿Te parece que es inoportuno? —refutó Antonio—. ¡Pues para mí, treinta y tres años de silencio de parte tuya y de todos en esta casa han sido más que inoportunos!

—¿Y qué es lo que esperas de mí? ¿Qué querés que te diga?

—Nunca te has preguntado el por qué, ni te has tomado la molestia de indagar en mis sentimientos, ni entender mis razones. Has preferido no mencionar nada ni hablar del tema conmigo de una manera abierta. ¿Por qué te cuesta tanto?

Helena guardó silencio, continuaba observando la pantalla, pero su semblante había cambiado. Se veía exasperada y hostigada con las palabras de su hijo. Se dirigió con discreción a la cocina para empezar a servir el almuerzo y tomar aire en medio de ese amargo momento. Revolvió lentamente la salsa de ciruelas mientras su rostro se sumía en una súbita vaguedad.

Todos los sábados, él y sus hermanos visitaban a su madre. Tres años atrás su padre había fallecido víctima de un cáncer, de esos que carcomen hasta el alma y que al final de cuentas evidencian que en el cuerpo se libran feroces batallas ajenas a la conciencia y a las voluntades de quienes lo habitan. Antonio permaneció en la silla, inmutable, recobrando una dignidad que sentía le habían arrebatado, lidiando con sus pensamientos y con aquel recuerdo lejano de un amor imposible, una mezcolanza de situaciones que le generaban desasosiego. Pero ese amasijo de reflexiones hilaba un sentido oculto para él, pues el hecho de que su orientación sexual no fuese nombrada por su familia como un asunto natural, propició en su interior un conflicto que desembocó en ideas sobre el amor como algo distante para él, tal vez inmerecido. Todo ello había tenido consecuencias en sus elecciones, que apenas lograba vislumbrar.

La luz de un tímido sol se transponía a través de la urdimbre de las cortinas blancas que hacían juego con el mantel de encaje floreado del comedor.

Helena siempre se preocupaba por la comida y, sobre todo, por preservar una imagen pulcra de su hogar. En cada rincón de la casa tenía vitrales y esquineros con algunas colecciones de lozas y tacitas de té de todos los tamaños y motivos posibles. Junto a ellas, las figuras sacras de querubines, ángeles y santos que resplandecían de limpieza y que ocupaban un lugar prominente en las estanterías de aquella casa del barrio Prado Centro. Las paredes estaban adornadas con hermosos bodegones de frutas y flores, así como con crucifijos, y unas cerámicas de la Virgen María en una repisa.

El silencio reinó en la casa. Los lánguidos rostros de madre e hijo hacían juego con la penumbra que se apoderaba de la estancia. Helena encendió la lámpara principal en el comedor mientras Antonio iniciaba con el ritual: el almuerzo se saboreaba caliente como si en el hervor de los alimentos residiera un poder oculto, casi sagrado. No se esperaba a nadie, conforme cada uno de sus hermanos iba llegando se le servía de inmediato los manjares que se preparaban para el encuentro familiar. Mientras tanto, en la cocina, solo se escuchaba el movimiento de las ollas y el rechinar de los cubiertos con los platos. Había temas que mencionarlos indisponían y ambos lo tenían claro.

Desde muy temprana edad, a eso de los siete años, Antonio, sin saber por qué, sentía correr por su sangre el deseo cuando veía hombres jóvenes y atléticos, en tanto que, a los ojos de sus cercanos, preservaba la más sagrada inocencia y la más genuina ternura. Pero, así como el deseo se instaló de manera prematura en su pequeño cuerpo, la culpa hizo lo propio. Ambos flujos, el de la carne y el de la conciencia, se entremezclaron en una amalgama tormentosa que estaría presente en gran parte de su vida, ahincada en lo más recóndito de su ser. La angustia sería el resultado del bullir de sus emociones. Como el deseo despertó tan pronto en su vida, en su interior surgieron los mecanismos de defensa más afilados, que ocultaron en esos rincones el placer sin que pudiera asomarse libremente por las ventanas de sus sentidos.

Antonio tenía claro, que durante siglos el catolicismo y otras religiones habían difundido la idea de que un niño, por naturaleza, es ingenuo e inocente; argüían que el alma de un infante es un espacio vacío que se puede llenar de contenido, moldear el carácter y así evitar la perversión. Pensaba Antonio cuánto se sorprenderían los creyentes si supieran que los más profundos odios y deseos humanos empiezan a florecer desde la más temprana infancia y que la sexualidad y el deseo poseen a cualquier ser humano poco tiempo después de abandonar el vientre materno y que se aferran a la conciencia con los primeros contactos y las primeras palabras.

El silencio momentáneo bajó un poco la tensión y Helena trató de no darle mayor importancia a la conversación que había quedado en el aire.

—¿Qué tomas de sobremesa, hijo?

—Jugo, mamá.

Su madre, pensativa, colocó un vaso de jugo de mango junto a los cubiertos.

—Yo no sé a qué viene ese tema, mijo. Yo no te reprocho que seas lo que eres, nunca lo he hecho. Simplemente sé feliz como tú decidas, pero no me culpes ni a mí ni a tu papá ni me recrimines a estas alturas de la vida.

—Las recriminaciones las he tenido que vivir yo toda mi vida —dijo Antonio, luego de beber unos sorbos del batido de su fruta favorita—. Y contra eso he tenido que luchar solo y en silencio.

—Pues también tú puedes decidir cambiar eso y no seguirte reprochando por algo que tú eres y elegiste. Si tú eres feliz, yo también lo seré.

Helena colocó suavemente sus manos sobre los hombros de su hijo, y luego le acarició tiernamente la cabeza. Ambos se sintieron reconfortados. Antonio pensó que era lo más sensato que hasta ahora había escuchado de boca de su madre y, sin embargo, no dejaba de parecerle insulso, pero lo aceptaba como una especie de punto final. Había sido un largo silencio más ofensivo que la peor de las injurias. Visto en perspectiva, era un gran avance que su madre pronunciase tales palabras, pero al recabar en ello, no dejaba de sentirse indignado, se preguntaba qué había hecho mal, o qué estaba mal en él. Cuanto más meditaba en lo dicho por su madre, más se exasperaba por la simpleza de sus palabras. Decidió asumir tal situación como el cierre de una etapa y comprendió que era él quien necesitaba brindarse la aceptación que por muchos años buscó en sus padres y en los otros, para aliviar así, un constante malestar interno.

La evasión fue la forma que ambos padres acordaron en el pasado para hacer frente a la realidad que día a día se revelaba ante sus ojos, como si hablar de ello o asumirlo fuera una afrenta a su integridad o una especie de herejía. En ocasiones se sonrojaban o mostraban cierta incomodidad cuando Antonio se expresaba frente a los demás de una manera delicada o frágil. Trataban de corregirlo con cariño y con la resignación propia de los buenos católicos, pero él, ajeno a tales circunstancias, no comprendía a que iban tales sugerencias. Pensaba Antonio, que comprender lo esencial de la naturaleza humana parecía una tarea interminable, más difícil aún, en una cultura permeada por una profunda hipocresía sobre la sexualidad y el cuerpo, donde evadir lo sustancial de la vida era como una estrategia de supervivencia y donde el pensamiento religioso determinaba los valores que subyacían en el comportamiento de toda una sociedad.

Desde muy pequeño, Antonio aprendió a reprimir sus emociones más primarias en un entorno donde *parecer*, en vez de *ser*, era lo fundamental. Luchó en silencio contra esos instintos que día a día ganaban terreno en su interior, se sintió desbordado, pero comprendió prematuramente que la imagen y lo que veían los demás era importante en un entorno hostil. La represión fue la mejor herramienta para adaptarse a una sociedad en la que no había espacio para ser distinto. Temió en muchas ocasiones ser descubierto, que alguien siquiera percibiera esas fantasías que dentro de sí se iban formando y que hasta él mismo consideraba escabrosas. El deseo sexual se le presentó de manera prematura, su libido se desparramó velozmente por todo su ser y por todo cuanto podía pensar e imaginar.

Su madre se asomó por una de las ventanas que daba a la calle para chequear si Martín o Lucas ya venían. Tal vez, la compañía de uno más ayudaría a relajar el ambiente. Helena se recostó en el alfeizar por un instante. Antonio observó estático la escena. Desde su lugar, delineó su silueta levemente cubierta por la cortina blanca mecida por el viento, infundiéndole un aire celestial. La miró con amor y con desdén, recordó a esa madre afectuosa que le enseñó a leer, que le habló con tanto cariño, pero que al mismo tiempo fue tan implacable en los momentos de disciplinarlo. Guiada siempre por la santa fe católica, supo conjugar el amor fraterno de una madre, con la rigurosidad y temeridad de una profesora conservadora y devota. En la base de su método, el miedo y la repetición jugaron un papel crucial. Antonio apenas lo empezaba a entender, su madre lo educó con dedicación, pero optó por no hablar del cuerpo, del amor y la sexualidad, temas que a su parecer no eran necesarios para la educación de un niño. Todo llegaría a su debido tiempo, pensaba ella, y prefirió guardar silencio.

—La ciudad está muy congestionada por estos días; imagino que por eso están demorados tus hermanos —precisó Helena—. Ya no hay por donde andar en esta ciudad en la que no caben más carros.

Antonio escuchaba mientras saboreaba el lomo de cerdo con salsa de ciruelas que su madre le había preparado. Sintió que no tenía nada que responder, levantó la cabeza, y la observó con ojos enajenados. Allí estaba ella, de pie junto al marco de la puerta, que otrora fuese la habitación principal, aquella donde Helena y Abelardo compartieron el idilio de sus primeros años de matrimonio. Antonio fijó nuevamente su mirada. Su mente se transportó treinta años atrás y surgió un recuerdo palpable e indeleble: Corría desde su pequeño cuarto, en la parte trasera de la antigua casa, sobre las baldosas moradas y amarillas, con su cabello castaño claro desparpajado, completamente desnudo, con su piel blanca como si estuviese iluminado desde adentro y con una combinación de anhelo y angustia en su inocente rostro. Aquel chiquillo corría con ansias, buscando el absoluto sentido de su existencia, esa voz tenue y cálida rodeada por cabellos sedosos con olor a rosas y un pecho exuberante que constreñía y regocijaba su ser con cada abrazo. Al llegar a la inmensa puerta blanca, el pequeño no titubeó y de un solo tirón la abrió de par en par, encontrándose con los cuerpos desnudos, entrelazados y jadeantes de sus padres, que apenas si tuvieron tiempo de cubrirse con las sábanas. Aquella imagen quedaría grabada por siempre en su memoria.

Antonio parpadeó, y mientras volvía en sí de su recuerdo, se escucharon murmullos en el exterior de la casa, reconoció la voz de su hermano Lucas y de su cuñada Lucía. Helena se apresuró a abrir la puerta y, de inmediato, entraron corriendo sus nietos María de los Ángeles y Jacobo. Al verlos, Antonio dejó el plato a un lado y corrió a abrazarlos con esa afectuosidad y ternura que sentía por ellos. Los amaba más que a su propia existencia, al verlos sentía la necesidad de protegerlos, aconsejarlos y regalarles la dulzura y el cariño que con nadie más se permitía expresar. Esos pequeños sacaban del fondo a ese niño interior de Antonio que vivía oculto entre las sombras. En seguida, llegó su otro hermano, con su esposa e hijos. La casa se llenó de alegría, bullicio y fraternal conversación. Por un momento, Antonio se dejó absorber por el entorno familiar, lo disfrutó, se entregó a esas pequeñas criaturas con las que jugó y se divirtió de un modo candoroso; lo transportaron a su infancia, esa que seguía apareciendo en su mente en pequeños flases de tiempo, como si algo le quisiesen decir, como si entrelazados, le contaran una historia. Hubo comida, risas y muchos recuerdos. En ocasiones, en medio de la alegría, Antonio sentía cierto malestar que no lograba entender, una incomodidad que aparecía de la nada y que apenas dilucidaba, pero cuya forma de operar no comprendía, solo padecía.

Cuando tenía cinco años, Antonio empezó a manifestar ciertas actitudes que a los ojos de sus allegados no eran normales. Leía y repetía obsesivamente sus lecciones de escuela hasta aprenderlas, incluso cuando ya parecían lo suficientemente revisadas. Contaba cosas repetidamente sin razón alguna y, de repente, empezaba a organizar metódicamente los objetos sin justificación aparente. Al caminar, se fijaba cuidadosamente en no pisar los bordes de las baldosas y a veces se le veía hablando solo.

Ir al psicólogo era un exabrupto. Para eso estaba Dios, para resolver los asuntos que sobrepasaban la capacidad y la comprensión humana. Su madre les rogó a todos los santos para que él dejara esas manías anómalas, mientras que su padre siempre pensó que le faltó mano dura, y que aquel comportamiento se debía a tanta consentidera de su madre. La tía Maruja les recomendó hacerle baños con agua bendita, eucalipto y ruda para espantar los malos espíritus que rodeaban las inocentes almas de los niños hasta poseerlas y entregárselas al demonio. En una sociedad como aquella, solo había un camino posible a seguir y nadie debía desviarse.

Antonio fue en su niñez objeto de burlas y calificativos que lo rebajaban a debilucho, enfermizo o enclenque, adjetivos que él mismo encontraba denigrantes y que sembraron la semilla de la inseguridad en su interior, más aún, rodeado de hombres vigorosos y corpulentos como sus hermanos o primos, quienes desde pequeños encarnaban la representación ideal de la masculinidad.

Su madre, quien en una época de su pasado ejerció la enfermería, se afanaba con todo tipo de prácticas caseras o remedios convencionales a rescatar a su hijo de tan lamentable estado. En tal sentido, recurría a emulsiones, jarabes, batidos, vitaminas en pastillas o en inyecciones y cualquier cantidad de menjurjes con tal de engrosar su aspecto físico. Él, sin saber lo que sucedía, se sometía a los tratamientos y dictámenes de su mamá, mientras su padre solo se limitaba a observar con una especie de extrañeza entremezclada con ironía que en la mayoría de las ocasiones le alcanzaba a dibujar una sonrisa a medias, como con lástima en su árido rostro. Don Abelardo era solo el espectador de un proceso de desarrollo en el que no intervino demasiado, más bien su misión consistió en decretar una suerte de mandatos y ordenanzas cuyo cumplimiento era obligatorio para los tres hijos.

Antonio se animaba con frecuencia a integrarse en los tradicionales juegos de calle con otros chicos de su edad. En tales ocasiones, la diversión consistía en improvisar una cancha de fútbol en la calle, demarcada con tizas y piedras en donde se llevaban a cabo los más efervescentes encuentros futbolísticos, muchos de los cuales terminaban en riñas épicas entre los integrantes de cada bando. Antonio se vio involucrado en muchas de estas peleas callejeras, que, sin proponérselo, le permitieron poner a prueba su fuerza física frente a sus iguales. Si bien no era el más fuerte, tenía ventajas como su estatura y el ímpetu que debió desarrollar al tener que convivir con sus hermanos bravucones.

Precisamente, el hermano que lo antecedía, Martín, era uno de los fortachones del barrio a quien muchos temían. En casa,

Antonio tuvo que aprender a perder la mayor parte de enfrentamientos físicos a los que se veían avocados debido al acaloramiento emocional y el espíritu competitivo propio de los niños. Antonio fue testigo de cómo la relación de su padre y su hermano Martín se afianzaba a partir del orgullo que aquel sentía por la fortaleza física de su hijo preferido. Tuvo que aprender a convivir con ese sentimiento de recelo y un cierto complejo de inferioridad. Esta situación lo impulsó a buscar una mayor cercanía con su madre con quien se identificaba fuertemente. Era como si una especie de amor reprimido se canalizara a través de otras vías, entre ellas la admiración. Los sábados se quedaba en casa bajo la inequívoca vigilancia de sus padres. Allí, elegía entre las escasas posibilidades de diversión que consistían en ver la televisión, diseñar algún meticuloso plan con sus hermanos para jugar en casa u hojear algunas revistas o libros disponibles en el hogar y que su madre había coleccionado en su época como maestra, o que llegaban allí gracias a la generosidad de algunos amigos de la familia.

A finales de la década de los ochenta, Medellín emergía como referente empresarial e industrial del país, al tiempo que sus entrañas eran consumidas por una violencia enraizada que tenía a los más jóvenes como carne de cañón de una sangrienta guerra urbana a causa del narcotráfico y su relación concupiscente con los círculos del poder político nacional. En casa con sus hermanos y padres, Antonio permanecía sumido en su pequeño universo, ignorando los azares del mundo exterior y convencido de que la vida consistía en cumplir a rajatabla las directrices escolares y familiares, sin miramientos o cuestionamientos. Solo la conexión con los libros y la televisión le daban una pista difusa de la amplitud de un universo ajeno a su ingenua y restringida curiosidad.

En la escuela tuvo la posibilidad de sentir cierta libertad temporal que solo era opacada por el rigor obtuso de algunos profesores que le hacían recordar permanentemente el mandato del otro. No solo había un Dios a quién temer, sino que, en el plano terrenal ese Dios tenía sus representantes en figuras bien definidas, que Antonio empezaba a aborrecer, eran sentimientos de repudio que ocultaba tras una máscara de pulcritud y disciplina.

Cierto día, en las vacaciones escolares de mitad de año mientras su padre hacía algunas reparaciones en el hogar, con ayuda de un par de obreros, el hermano mayor organizó un juego llamado seguimientos, el cual consistía en imaginar un campo de entrenamiento distribuido a lo largo de la casa y seguir al pie de la letra las instrucciones del líder, en este caso de Lucas. El desorden de la casa por motivo de las obras facilitó espontáneamente el desarrollo de un recreo improvisado que a todas luces movió algo en su cándido interior. Para Antonio fue uno de los momentos más vívidos de su infancia. El agite, la cercanía con los peones de aspecto desaliñado, la competencia con sus hermanos y esa huella masculina propia del mismo juego y del entorno, despertaron en él una serie de sensaciones nuevas. Corrió extasiado, siguiendo los pasos de Lucas, todo a la vista de su padre quien les reprochaba el revuelvo y el ruido que generaban alrededor.

Una de las pruebas consistió en lanzarse desde lo alto de un arrume de colchones viejos que se encontraban inclinados junto a unas escaleras y que hicieron las veces de tobogán. Ver a sus hermanos deslizarse fue una de las emociones más incontenibles para Antonio. Cuando le llegó su turno, se arrojó tantas veces como pudo en diferentes posiciones, sentado, de cabezas, boca arriba y boca abajo mientras observaba a uno de los obreros en cuclillas que martillaba unas piezas de madera. Por alguna razón, ese hombre de tez morena y ojos tristes había llamado su atención. Todo ello desató en su impoluta mente una serie de fantasías e impresiones que abrían la puerta hacia una gran bóveda oscura y desconocida en su interior, al tiempo que le ofrecían una nueva perspectiva del mundo, de la vida y de su propio cuerpo.

Por un instante se percató de que ese obrero lo miró de una forma ladina, mientras él, agitado y fascinado se deslizaba boca abajo por esas blanduras, frotando el colchón con toda su humanidad. Una especie de pánico culposo se hizo sentir en sus adentros, para luego transformarse en un goce inmaculado. Tal momento dejaría huellas imborrables en su inconsciente. Y así, de juego en juego, de experiencia en experiencia, se iba dando cuenta a pedacitos de sus gustos e inclinaciones, tan nítidos en su esencia, pero tan difusos para su emergente conciencia.

La elección de su orientación sexual sería el asidero para su goce, pero también para sus conflictos y temores. Muchas preguntas recabaron su conciencia durante gran parte de su existencia. Mismas que se fueron transformando a lo largo de los años, algunas en respuestas y otras, simplemente, se convertían en nuevos interrogantes. Todo ello, demarcaría una personalidad divergente y un ser humano en constante conflicto consigo mismo, pero a su vez, con la fuerza y la decisión para ahondar en las cuestiones que lo constituían como un sujeto diferente, único y particular.

A sus once años y en medio del calor habitual del mes de enero, Antonio recorrió un trayecto de casi media hora en bus para llegar al colegio que él mismo había seleccionado para cursar el bachillerato, ubicado en un privilegiado barrio de la ciudad. Descendió del bus y caminó unas cuantas cuadras solo para comprobar su sensación de soledad y terror al ver la edificación de cuatro plantas y dos bloques, cuya impresión era la de un lugar hostil y frío. Se sintió como arrojado a un cuadrilátero lleno de espectadores donde debía luchar por su vida y con la total certeza de no saber cómo enfrentar tal situación. Todo ello arremetió contra su ingenua humanidad y puso en vilo sus más profundas inseguridades, las cuales calaron hondo durante los años de su infancia. Sin embargo ¿qué otra opción tenía? Debía, como de costumbre, afrontar sus propias elecciones que en muchas ocasiones le jugaban en contra, como si el mismo Antonio disfrutara de aquello que le provocaba zozobra. De otro lado, cierto narcicismo propio de los homosexuales le había conducido a aquel lugar donde él imaginaba que podría ser alguien mejor, pero ¿en qué? Sencillamente la ilusión y la fantasía no daban lugar a respuestas claras.

El colegio era una institución de enseñanza católica con una tradición educativa basada en el rigor y una vigilancia extrema del comportamiento de sus estudiantes. A ello se sumaba la disciplina severa y la firmeza en la instrucción de los valores cristianos. Cualquier desvío en las normas fundamentales que impartían era considerado una falta grave. Como Antonio era consciente del gran esfuerzo económico que hacían sus padres para que pudiese estudiar allí, puso todo el empeño y esmero para no cometer infracción alguna que pusiese en peligro su permanencia en la institución.

Junto a la puerta de ingreso, se situó tímido, buscando entre los cientos de rostros adolescentes una imagen que le fuese familiar y que apaciguara su ansiedad. Sus ojos inquietos hicieron un paneo a lo largo de la calle donde se aglomeraban jóvenes de ambos sexos y de diferentes edades, expectantes, reunidos en manadas bajo los balcones aledaños al colegio buscando protección de los incandescentes rayos del sol. Algunos conversaban como si se conocieran de antaño, mientras él permanecía inmóvil, recostado en el muro de una edificación contigua, denotando su retraimiento y deseando intensamente que la gran puerta metálica de color negro se abriese de una vez por todas para entrar a ese lugar desconocido, donde tendría que convivir los próximos cinco años con personas ajenas que no le inspiraban ninguna cercanía. El sentirse lejos de su entorno familiar le generaba aún más aflicción.

Después de observar meticulosamente a su alrededor, sus ojos se detuvieron de forma abrupta en tres muchachos con su uniforme escolar, que estaban sentados junto a las escaleras de una vivienda cercana. Su apariencia rebelde y desidiosa, enviaba un claro mensaje de fuerza y autoridad. Con su mirada intimidante, gobernaban el territorio, como babuinos dominantes.

Antonio, desde una distancia prudente, les echó una ojeada con la cautela necesaria para no ser detectado. Uno de ellos llamó poderosamente su atención, lo sacudió de su letargo y algo movió en su interior. Aquel joven tenía la actitud de un genuino líder de pandilla a quien poco le importaba el cumplimiento de las reglas y cuyo espíritu reflejaba esa seguridad que Antonio tanto anhelaba para sí mismo.

Su piel trigueña y sus pómulos prominentes le daban un aspecto hosco. Tenía el cabello castaño rasurado a ambos lados, abundante arriba y con colas en la parte de atrás a la usanza de aquella época entre muchos jóvenes de las comunas y otros de estratos altos que los querían imitar. Traía un *jean* entubado, zapatos forche, tal y como lo indicaba el reglamento estudiantil, camisa de cuello y manga corta color rojo, desabotonada en la parte superior, exhibiendo la piel dorada de su pecho que parecía una armadura de bronce sobre la cual reposaba una cadena que parecía de oro, como un distintivo de jerarquía. Su perfil era el de un hombre con espíritu indomable lo que atrajo irremediablemente la mirada de Antonio. Admiró esa figura cínica, al tiempo que sintió algunas palpitaciones inusuales en su pecho.

Con la ventaja de estar lejos de su vista, aprovechó para reparar en cada uno de sus gestos y expresiones. Recordó la figura de Ares, hermano de Atenea y dios de la guerra, que recientemente había visto en un libro ilustrado. El espacio de su cuerpo y su conciencia poco a poco se fue colmando de una sensación absolutamente nueva que le produjo terror y excitación. Una adrenalina enervante se explayaba desde el pecho hasta las plantas de sus pies mientras lo observaba y enviaba poderosos corrientazos que le hacían sentir que una parte de sí, su sexo, incrementaba su tamaño y su dureza.

El estruendoso ruido de la campana, que anunciaba el inicio de la jornada escolar de la tarde, lo sacó del letargo en el que se había sumido. Se reincorporó rápidamente y caminó junto a una masa de adolescentes que hizo su ingreso al unísono por la amplia puerta para luego descender por una rampa empedrada que conducía al patio central donde se haría el recibimiento por parte de las autoridades de la institución. La banda marcial los acogió con pompa y entusiasmo y se desarrolló un acto cívico en el que se dio el inicio oficial de las clases y se les motivó a cumplir con esmero las normas y así convertirse en estudiantes ejemplares, acorde con los indiscutibles valores de la institución.

Mientras el rector ofrecía unas palabras llenas de júbilo y fervor a la comunidad estudiantil, Antonio solo pensaba en aquel chico. Sus ojos se desplazaban inquietos por la multitud, tratando desesperadamente de encontrar esa figura viril que minutos atrás lo había dejado atónito. Pero sus esfuerzos fueron en vano, pues desde donde estaba no lograba divisar la totalidad de graderías del coliseo deportivo escolar.

El primer día de clases fue aburrido y rutinario. El Antonio disciplinado, atento y destacado en su desempeño escolar parecía haberse esfumado. En su mente ahora solo había un lugar preponderante para fantasear, máxime después de lo que sus ojos pudieron contemplar horas atrás. La tarde cayó y una lúgubre oscuridad se apoderó del horizonte, ahondando esa sensación de lejanía y distancia que sentía en su corazón. Durante las casi seis horas de actividades académicas no dejó de pensar un solo minuto en la imagen de ese joven apoteósico a quien le asignó muy merecidamente el nombre de Ares. ¡Sí, Ares! la fuerza bruta y la barbaridad, eso le trasmitía la figura maciza de ese adolescente que parecía más un experimentado guerrero de las legiones del Olimpo que un lánguido estudiante de bachillerato con uniforme escolar.

Trató de recordar la ruta que debía tomar para regresar a casa. Caminó a paso apresurado por las angostas calles que del colegio conducían a la avenida principal y desembocó en una esquina ruidosa, llena de comercio y bares por donde circulaban decenas de buses, colectivos y taxis que del occidente conducían al centro de la ciudad. Era de noche y un sentimiento de abandono lo invadió. Su turbación interior se manifestaba de múltiples formas, unas veces como angustia, otras, como melancolía y otras, como un simple vacío que llegaba a generarle una honda desolación. Se sintió confundido y abandonado a su suerte. Se acercó a una banca junto a un poste de luz y se desparramó allí, como si no tuviese un lugar en el mundo a donde ir. Sus pensamientos se dirigieron a la única imagen que podía otorgarle consuelo en ese abrumador momento: Ares. Su mente ofreció a su espíritu un banquete obsceno de imágenes en detalle de aquel joven, sentado con su camisa desabotonada y sus zapatos mal atados en los que se alcanzaban a divisar sus medias tobilleras que dejaban ver sus nacientes y desafiantes empeines. Nuevamente, su corazón palpitó con fuerza, pero un sentimiento de culpa apareció de la nada. Echó a llorar sin más, anhelando nunca haber tenido que pisar ese lugar llamado colegio. ¿Por qué?, se preguntó, mientras observaba la cúpula de la iglesia al otro lado de la avenida. Por frente suyo pasaron tres adolescentes aún con el uniforme escolar, compartiendo entre ellos un cigarrillo mientras tosían en medio de risas y expresiones procaces.

Se puso de pie y caminó hasta el otro lado de la avenida donde había un teléfono público en una cabina roja junto a la iglesia. Echó una moneda y marcó un número sin el menor atisbo de prisa. Se oyó replicar unas tres veces y contestó su madre:

—¡Pásame a papá!

—¿Te pasa algo, hijo?

—¡No, mamá, nada, estoy bien! Por favor pásame a papá.

Por un momento se escuchó a la madre llamando al esposo y después darle una breve instrucción con voz angustiosa.

—Hola, hijo, ¿estás bien?

—Hola, papá. ¿Puedes venir por mí?

—¿Por qué? ¿Acaso no te expliqué como regresar a casa en bus?

—Me quedé sin plata para los pasajes.

—¿Cómo que te quedaste sin plata? —La voz de Abelardo subió de tono drásticamente.

—Compré cigarrillos con unos amigos que hice y nos pusimos a fumar.

Hubo cinco segundos de silencio en los que Antonio escuchó la respiración de su padre al otro lado del teléfono.

—¿Ah, sí? ¿Y eso por qué?

—Porque sí...

—Espérame junto a la iglesia. Ya salgo para allá.

Antonio colgó el teléfono y se sintió reconfortado. Para una mente acostumbrada a reprimir, el castigo era el mejor estímulo después de un indecoroso momento de extremo placer.

En el taxi hubo un silencio abrumador entre padre e hijo, quienes durante el trayecto a casa no hicieron contacto visual ni pronunciaron palabra alguna. Antonio recordó que, en su primer día de clases en la escuela primaria, cuando tan solo era un pequeño de cinco años, su padre lo llevó de la mano hasta la entrada y allí le dio palabras de aliento para que no se sintiera solo y temeroso. Mientras caminaba de la mano de su papá, se sintió el ser más valiente del universo. Horas después en el salón de clases rompió en llanto al ver que no tenía ningún conocido cerca.

Observando las luces de la ciudad por las ventanas del taxi, Antonio volvió de su recuerdo, se sentía tranquilo al tener a su padre cerca, pero a la vez avergonzado por el mal momento que le había hecho pasar. A sus once años sentía que debía comportarse como todo un hombre y ese acto era un claro sabotaje a esa premisa. En el fondo de sí mismo no se sentía ese hombre, más bien un remedo, un intento artificioso de esa imagen que en su conciencia se tornaba como ideal, como una meta a cumplir, como algo obligatorio que no sabía cómo poner en marcha. El repudio era lo mejor que podía recibir en ese momento por parte de su papá.

Recordó a su dios del Olimpo y envidió la hombría que expelía por los poros, esa mirada segura que le había conmocionado hasta lo más recóndito de su ser. Fingir fortaleza y autodeterminación se convirtieron a partir de ese momento en imperativos que internalizó y se propuso poner en marcha muy a pesar de las flaquezas que cargaba en su corazón.

Los días en el colegio los pasaba enfrentándose a la mirada del otro, a su propio deseo encriptado en el miedo. Fue en aquel lugar, emblema de la disciplina y el rigor, donde él y otros compañeros de su misma condición debieron desafiar sus propios demonios, forjar el carácter y tener el valor para hacer frente a las burlas, los comentarios sarcásticos y los señalamientos de algunos adolescentes que no escatimaron en agravios u ofensas para quienes manifestaban una orientación sexual distinta.

Durante los descansos de la media tarde, Antonio buscaba ansiosamente a su dios del Olimpo a quien seguía cuidadosamente con la mirada mientras le era posible, con un disimulo que lo hacía prácticamente imperceptible ante aquel bárbaro mancebo. Uno de aquellos días, se dirigió a una de las casetas de comidas y compró una rosca de arequipe, que le entregaron en una servilleta en la que esta dejaba sus rastros de grasa. La mordió con placer mientras caminaba sin ningún destino bordeando las canchas de baloncesto que a esas horas permanecían casi siempre vacías. Al girar casualmente la cabeza, se percató de que un grupillo de muchachos de séptimo grado, que estaban sentados en unas escalinatas que hacían las veces de tribunas, lo ojeaban con sarcasmo. Entre la cuadrilla de púberes atrincherados estaba su Ares, magnificente y descarado. Al verlo, su cuerpo se heló en cuestión de milésimas de segundos y en un intento por fingir una compostura despreocupada, sus piernas y brazos empezaron a temblar súbitamente. Escuchó un murmullo burlesco, cuando de la rosca se escurrió un voluminoso chorro de arequipe que fue a dar una parte en su camisa blanca y otra, en su zapato forche derecho. Avanzó como si nada hubiese pasado, pero la risa de los chicos se intensificó y estuvo a punto de quedar petrificado, salvo por su instinto de huida que apareció a último momento y le ayudó a llegar hasta el pasillo para perderse entre la multitud de adolescentes allí atestados. Giró cuidadosamente su cabeza y observó con vergüenza, cómo la situación les había producido una extrema gracia mezclada con un toque de crueldad.

Llegó el día en que supo el nombre de su amor platónico durante un acto de premiación de los juegos deportivos escolares: ¡Alexander Arrubla!, mejor conocido como Alex. ¿Pero cómo podía ser posible tal casualidad? Casi que lo podría seguir llamando Ares y no sería mucha la diferencia. Tal suceso causó una conmoción en su interior. Saber su nombre y poder deletrearlo sin ninguna restricción era una gran victoria, y lo era aún más por el parecido con el nombre del dios de la antigua Grecia con que lo había identificado en secreto. Al verlo posar en la tarima recibiendo la máxima condecoración por su desempeño en atletismo, Antonio sintió su libido subir de cero a cien en cuestión de segundos. La ropa deportiva ajustada a su maciza figura le proporcionó un retrato de sus fantasías más oscuras y un delicioso manjar de obscenidades mentales. Tuvo que salir a buscar de inmediato un cuarto de baño en una de las edificaciones aún en construcción para descargar una energía sexual que lo avasallaba y que ya no lograba contener por más que se lo propusiera.

Recortó la foto de Alex que aparecía en el periódico escolar, exhibiendo su medalla de oro, y la guardó cuidadosamente en su billetera. La contempló cada noche de ese año, sin importar lo arrugado que estuviera el papel o que la imagen ya casi se hubiera borrado a causa del sudor, las gotas de lluvia, el calor, el roce con el cuero y los meses de trajín en el fondo de su cartera. Cada vez que se sentía solo o triste pensaba en Alex y se llenaba de una esperanza engañosa, de un cúmulo de fantasías y delirios que frecuentemente se configuraban como una válvula de escape de la realidad.

Al final del primer año de colegio, Antonio logró sortear sus temores e inseguridades y tener un destacado desempeño académico. Había llegado a ser un alumno elogiado en áreas como Filosofía, Historia y Ciencias Sociales. Supo manejar su deseo, de modo que no fuese muy evidente para sus compañeros, aunque había recibido algunas mofas durante las clases y las actividades deportivas. Sin embargo, aquello no le impidió hacer algunos amigos y lograr reconocimientos académicos y extracurriculares. Sus padres, emocionados por su desempeño lo motivaron a continuar esforzándose para ser un alumno destacado sin saber que en su interior se fraguaban arduas batallas entre su deseo y lo que debía mostrar al resto de la sociedad.

Al ingresar al grado séptimo un acontecimiento inesperado lo tomaba por sorpresa. Esa tarde de febrero entró al salón de clases un poco desanimado porque su mejor amigo había sido trasladado a otra institución debido al nuevo empleo de su padre. Durante las vacaciones de fin de año, Antonio se había propuesto olvidar a Alex y dejar ese capricho insano por él. Incluso se prometió que, con un poco de esfuerzo, podía llegar a admirar con mejor disposición el cuerpo en desarrollo de sus compañeras de clases, entre las cuales, pensaba él, podía encontrar alguna que le despertara su interés. Nada más lejano de la realidad.

Cuando cruzó la puerta se encontró con una aglomeración de adolescentes que conversaban avivada y entusiastamente sobre sus aventuras y viajes durante las vacaciones. Al fondo del salón, sentado en la parte de atrás, en silencio y mirando su cuaderno de notas estaba Alex. Su corazón quiso explotar y una suerte de terror lo invadió. «¡No puede ser!», pensó. Todos sus planes de reforma espiritual y mental se iban al traste. Se devolvió hasta la entrada para corroborar que en efecto esa fuese el aula de clases que le correspondía, pero no había duda alguna, sí lo era. Volvió a ojear la ubicación de Alex cuya piel notó un poco más bronceada de lo habitual. Lo observó y descifró en su rostro una seriedad poco habitual y llegó a intuir cierta irritación en su expresión. Quiso acercarse, tenderle la mano e iniciar una conversación con él, pero sabía que el riesgo de ser despreciado o recibido con desdén era muy alto. Buscó una silla en un lugar que lo mantuviese a raya de esa figura que ahora le causaba terror. Sintió pánico y sus vacilaciones nuevamente emergieron de forma caótica. Intentó mantener la compostura y fingir naturalidad en su comportamiento.

Cuando llamaron a lista supo que Alex compartiría curso con él por la sencilla razón de que era un estudiante repitente y en varias ocasiones había recibido amenazas de expulsión, pero gracias al poder económico y la influencia de sus padres, logró permanecer en la institución. Nuevamente sus fantasías más oscuras aparecieron, temió no poder controlar su mirada curiosa y ser detectado fácilmente por sus compañeros. El director del grupo decidió caprichosamente organizarlos por orden alfabético de atrás hacia adelante, por lo que Alex garantizó su lugar habitual en la última fila y Antonio quedó ubicado justo delante de él.

A partir de allí, su mente se ocuparía casi por completo de pensar repetidamente en la imagen de ese muchacho que se sentaba detrás de él y que sin saber por qué, despertaba una llama poderosa en lo más profundo de sus sombras. Ese año más que nunca le costó concentrarse en sus estudios y se tuvo que esforzar, sobremanera, por controlar sus impulsos que lo traicionaban con frecuencia y levantaban suspicacia y sospecha entre los demás. Aparte de unos escuetos saludos e interacciones en clase, no se daba un contacto significativo entre ambos por sus personalidades divergentes y opuestas. Eran seres absolutamente distintos, cada uno vivía en su propio mundo, lejos de los sueños y aspiraciones del otro.

Los miércoles tenían clase de educación física y debían usar como uniforme una camiseta polo con el escudo institucional, una pantaloneta corta color azul y una sudadera del mismo color, medias y tenis blancos. Antonio detestaba esa clase con todas sus fuerzas, su aversión era proporcional al desprecio por su propia imagen. La extrema delgadez de su cuerpo lo incomodaba y lo hacía sentirse más inseguro de lo que ya era. Su dimensión narcisista emergía de diferentes formas, en ocasiones, por ejemplo, trataba de compensar el disgusto con su aspecto corporal luciendo un uniforme impecable con tenis de marca que implicaban un esfuerzo económico extra para sus padres. El saber que estaba constantemente expuesto a la mirada de Alex hizo que emergiera en Antonio una vanidad aún más radical de la que ya se estaba tejiendo en su interior. Convenció a sus padres para que le compraran nuevas chaquetas y jeans para sus clases, además de adquirir pares de tenis extras con la excusa del constante desgaste por las actividades escolares y deportivas. Empezó a concentrar sus esfuerzos en su apariencia física, sin tener idea de cómo restaurar las grietas que ya se habían formado en su interior.

Ese día, como parte de las actividades del curso de educación física, los hombres jugarían un partido de fútbol. Ambos quedaron en el mismo equipo de acuerdo con la distribución arbitraria realizada por el instructor, un hombre de aspecto apacible y socarrón. Por la cabeza de Antonio deambulaba de forma incisiva el imperativo de mostrarse recio y hacer lo que estuviese a su alcance para no ser un jugador deplorable ante los ojos de los demás. Sabía que era una oportunidad para los más despreciables entre sus compañeros de burlarse de él y dejarlo expuesto de manera abominable ante la mirada de quien quería impresionar. Se sentía absolutamente vulnerable pero no tenía otra opción, no había marcha atrás.

De repente, con el silbatazo inicial, se vio envuelto en un escenario frenético donde a cada pisotada y sacudida se levantaba el polvo de la deteriorada y mal cuidada cancha escolar. Los gritos, las voces de mando y la disputa cuerpo a cuerpo se hicieron más asiduas con cada minuto que transcurría en el encuentro. Y allí estaba Alex, como el centurión de una legión romana, con su cuerpo como su armadura y sus movimientos agrestes que intimidaban a sus contrincantes. En todo momento demostró el brío e ímpetu naturales de su espíritu.

Por su parte, Antonio trató de dar lo mejor de sí manteniendo el decoro y tratando de no participar activamente en muchas jugadas. Su estrategia consistía en deshacerse rápidamente del balón cuando este llegaba a sus pies, pero no siempre lograba realizar un pase acertado y en un par de ocasiones entregó la pelota a sus adversarios, propiciando una jugada que terminó en un gol del equipo rival. Algunos de los miembros de su equipo lo observaban con enfado y le reclamaron airadamente por sus errores. A lo lejos, observó al instructor llevarse las manos al rostro con cierta expresión de desaliento.

Alex le pidió que se enfocara en la labor de defensa para no recibir más goles; a esas alturas, perdían el encuentro cuatro goles contra dos y estaba a punto de finalizar el primer tiempo. Antonio hizo lo mejor que pudo, pero sabía que su actuación se quedaba en ciernes frente a la necesidad de su equipo de ir al frente. Pasados los minutos, otros de sus compañeros le reprocharon a Antonio su mal juego y su flaqueza para encarar a sus rivales. El temor por fallar era su gran debilidad y la puerta abierta al fracaso. En el fondo se sentía mal consigo mismo por no hacerlo mejor, pero trató de no perder nunca la compostura. En ese momento de su vida empezaba una feroz disputa entre dos partes de sí mismo, una que seguía el imperativo del deber ser y la perfección, otro, lleno de dudas y que lo inducía inevitablemente al error. El miedo y la incertidumbre lo abrazaban en los momentos menos propicios.

Para el segundo tiempo el capitán del equipo pidió que ingresara un nuevo jugador en reemplazo de Antonio. Embargado por un sentimiento de vergüenza dirigió su mirada hacia Alex quien por un par de segundos le observó con desconcierto y le extendió una milimétrica expresión compasiva. Pareció como si en ese contacto visual, hubiese leído su constreñimiento.

Esa noche Antonio no pudo sacar de su mente lo sucedido y se sintió azorado, sus pensamientos emergían nuevamente como dagas afiladas que se clavaban en su corazón y terminaban por flagelar su ya maltrecha estima. Sin embargo, algo en esa fugaz mirada que Alex le dirigió, le ofreció un alivio a su alma, era como un consuelo tras la debacle. Aparte de su mordaz autoimagen, tenía que lidiar con las críticas de sus compañeros que cada vez eran más agudas. El temor por decepcionar a quienes se encontraban a su alrededor era cada vez más persistente. Su espíritu se convertía día a día en un caldo de cultivo de la duda y el reproche.

A medida que crecía era más consciente de lo diferente que era de sus hermanos, amigos y compañeros de colegio y eso lo inquietaba con mayor frecuencia. Buscó la manera de dominar y afrontar su angustia sin la ayuda de nadie, en silencio y en secreto. Sus fantasías eran la vía de escape a un deseo que persistía y crecía en su interior. No se atrevía a más, en lo más hondo de sí, en contra de su voluntad, se restringía y se privaba de los deseos más íntimos con el único fin de no avergonzar a sus padres, su familia y a sí mismo. Lo que llegaba a oídos de Antonio sobre la homosexualidad eran manifestaciones ofensivas cargadas de repudio y rechazo.

A sus doce años tenía una mirada inquieta, curiosa y exploratoria. Su libido ya era un hecho concreto que ocupaba buena parte de su energía mental y corporal, llegando a convertirse en muchas ocasiones en una distracción para el estudio. Sin embargo, se las arreglaba bien para que aquello no fuera tan evidente ni le generara problemas en un ambiente represivo como en el colegio, cuya enseñanza se fundamentaba en las más arraigadas ideas religiosas. Paradójicamente, allí muchos de los profesores y directivos ocultaban sus inclinaciones bajo un velo de corrección moral.

Sabía a quién observar y cómo hacerlo con la mayor reserva. Además de seguir constantemente los movimientos de Alex y su figura varonil, disfrutaba contemplando en los espacios de descanso a una cuadrilla de muchachos del grado undécimo, que se caracterizaban por su rebeldía y contumacia. Su carácter indómito despertaba en él las más primitivas reacciones sexuales. Sus ojos se encadenaban a esas figuras masculinas exaltadas por el fragor de la juventud, que como imanes atraían su mirada.

Se acostumbró a no hacerse tantas preguntas sobre sí mismo, ni sobre su sexualidad, sus inclinaciones o gustos, pues prontamente descubriría que la mayoría no tenían respuesta alguna. Ante las tinieblas que emergían en su corazón, su alma se fue encerrando en sí misma como las estomas de una planta en la oscuridad.

En una ocasión, de regreso a casa, caminó desde el centro hasta la zona histórica de la ciudad y pasó cerca de una cantina donde se reunían, en su mayoría, hombres adultos a beber alcohol, jugar billar y conversar en un ambiente que se tornaba entre bohemio y decadente.

Cada que pasaba por allí, miraba con cierta curiosidad al interior de ese pequeño espacio tras una sencilla puerta vaivén de madera, como intentando comprender en qué consistía el encuentro entre esos hombres desidiosos. ¿Buscaba lo que él creía era la masculinidad? Ese día, de manera inesperada, uno de ellos salió del bar y se interpuso en su camino, y Antonio se detuvo perplejo. No comprendía que pasaba. El hombre, con una cerveza en la mano y un cigarrillo en la otra, sonrió fugazmente al verle la cara de sorpresa. Antonio pudo notar sus dientes irregulares y un matiz de perversión en su mirada.

—¿Cómo estás? ...No te asustes.

Antonio seguía sin entender y dudaba si continuar su camino o quedarse allí.

—Tengo algo que decirte.

—¿Qué...? —respondió Antonio confundido sin apenas poder hablar.

Su rostro seguía absorto, sus piernas empezaban a temblar. Sin embargo, a pesar del temor que lo poseía, tuvo tiempo para observar esos exuberantes rasgos masculinos que se delineaban en la figura de ese desconocido. Una barba a ras que contrastaba con un rostro brillante, en el que se podía ver el sudor del día, una cabellera gruesa, ondulada y desordenada. Llevaba la camisa medio abierta dejando entrever un pecho con algunos vellos, y una piel dorada casi enrojecida en algunas zonas denotaban el aspecto agreste de aquel sujeto.

—¿A dónde vas?

—Voy para mi casa. —Y como impulsado por un mandato interno, trató de esquivar aquella figura, pero, de repente, el hombre lo sujetó por el brazo.

—Usted me parece muy bonito, quédese y se toma una cerveza conmigo.

Antonio, impávido por aquellas palabras, retiró el brazo del hombre y lo observó durante un par de segundos en los que se sintió tentado a aceptar la invitación, pero al final insistió en seguir su trayecto, mientras su corazón latía agitadamente. La inusitada situación lo dejó excitado y confundido. Elucubró toda una serie de finales alternativos al encuentro con ese hombre, una parte salvaje de sí mismo emergía con toda su furia y por más que lo quisiera, no podía controlarlo.

Pero ¿acaso no era muy joven para iniciar una vida sexual? ¿Qué pensarían sus padres y sus hermanos al descubrir sus inclinaciones? Eran asuntos que le daban vueltas en su cabeza, pero que siempre terminaban por diluirse con el trasegar de los días. En adelante, cada que pasaba por allí aceleraba el paso, no sin antes echar una mirada fugaz, telescópica, buscando a aquel hombre. Lo vio un par de veces, pero cuando sentía que él estaba próximo a percatarse de su presencia, se llenaba de horror y se alejaba.

Su mundo se reducía a solo dos espacios, su hogar y el colegio. En el primero, el temor a Dios y el cumplimiento de una serie de mandatos y obligaciones constituían todo el conocimiento de la vida puesto a disposición de un niño. En el segundo, aunque Antonio accedió a una visión más amplia del mundo a través de las Humanidades, la Historia y la Filosofía, de fondo persistían las enseñanzas católicas llenas de prohibiciones y culpa, las mismas que desdeñaban la condición homosexual. Una parte de él incorporó aquel cúmulo de aprendizajes como un voraz centinela que llenó su interior de confusión y lo atormentaba frente a su propia elección.

Un día cualquiera, cuando cursaba el grado octavo, Antonio cruzó una amplia avenida que conducía a la parte trasera de su colegio para comprar un mango con sal en un ventorrillo en las afueras del campus. Al llegar a la esquina pudo ver a Alex besándose con una chica de unos quince años. Observó con la suficiente atención y a la vez discreción y se detuvo momentáneamente sin saber hacia dónde dirigirse. Pudo constatar el largo y apasionado beso que se daban, y sintió unos celos desconocidos hasta entonces. Anheló estar en el lugar de aquella rubia delgada que se deleitaba con esos prominentes labios masculinos. No pudo dejar de pensar en lo afortunada que era esa chica. La rabia por no poder tenerlo se desplazaba hacia esa diminuta figura rubia de pezones apenas emergentes y delgadas piernas resplandecientes en las que el sol refleja sus poderosos rayos de luz. Se preguntaba si alguna vez podría ser besado con tanta pasión por un hombre como Alex. El no poder acceder a lo que deseaba, empezaba a configurarse como algo rutinario, parte de su espíritu, lugar común de su existencia.

Con el transcurrir de los días, las semanas, los meses y los años escolares, Antonio se acostumbró a admirar de lejos esa figura que encarnaba sus más hondas ilusiones. Se acercaron por momentos, compartieron algunas desprevenidas conversaciones y de a poco se naturalizó su cercanía. Nunca se esperanzó con que se llegara a dar un contacto físico entre ambos. Sabía que ello no correspondía al plano de lo real, sino más bien al de sus fantasías. El hecho de aceptar tal situación le ayudó a sobrellevar su melancolía por la impronta de un amor imposible.

En medio de ese lugar ajeno llamado colegio también hubo tiempo para la amistad. En el naciente carácter de Antonio se combinaban la timidez y la nobleza de un espíritu ingenuo. A pesar del conflicto en su interior, siempre predominó su sonrisa y una especie de optimismo, independiente a los avatares de su existencia. Las ganas de vivir siempre se imponían sobre los asuntos que le inquietaban y llegaban a perturbarle.

Samuel Betancourt fue su mejor amigo durante los dos últimos años del bachillerato, dos almas que por pura casualidad se acercaron por un breve lapso, pero cuya influencia, al menos para Antonio, tendría un valor inmenso a lo largo de su vida. La rebeldía emergía de manera tan auténtica y espontánea del corazón de Samu, que Antonio, al percibirlo, quedó atrapado, como hipnotizado. Si bien, su amigo nunca fue de los mejores del curso, era respetado por sus convicciones y por esa postura rebelde que tanto seduce a los jóvenes. Antonio se sintió retado por él a romper las reglas, esas que tanto cumplía con severidad y sumisión, más por temor al castigo que por convicción. Tal situación convulsionó una mente virgen en cuanto a riesgos, al mismo tiempo que le generó una especie de excitación a la cual no se podía resistir.

Encontró en su amigo un alter ego, una figura en quien disfrutaba proyectarse. Mucho de cuanto era Samu, Antonio quería ser. Refugiarse en la figura de su nuevo amigo era un modo inteligente de transferir en él sus anhelos, al tiempo que encontraba el apoyo necesario para sacar a flote esa parte rebelde y contradictoria que todos los adolescentes arropan en su corazón.

Se vivía la década de los noventa en Medellín y con ella, además de los problemas bien conocidos de violencia y narcotráfico, se experimentaban otra serie de fenómenos en lo social y cultural. El auge de la música *underground* —representada en el *punk*, el *metal* y el *grunge*— se configuró en un espacio de expresión colectiva de miles de jóvenes de la ciudad, una vía de escape de la difícil realidad que debían afrontar.

Samuel, hijo único de una familia de clase media alta de la ciudad, se encontraba entre esos jóvenes que canalizó su rebeldía y su decepción frente a una sociedad de doble moral a través de la música y su arte coetáneo, palpándose incluso en la ropa que usaba, los espacios de intercambio social a los que asistía y también en los gustos literarios. Todo ello se le presentó a Antonio como un universo nuevo con formas y expresiones hasta entonces desconocidas por él.

Con su amigo, Antonio incursionó en las profundidades de la vida nocturna de Medellín. A sus dieciséis años desafió las estrictas normas de su hogar, al punto de llegar a altas horas de la madrugada a su casa, lo que le estaba prohibido. En esas noches de fiesta, fragor, amigos y bebida, se mantuvo fiel a sus principios y a su educación, aunque en algunas ocasiones sobrepasó los límites que su conciencia moral establecía. Probó un par de veces la marihuana, lo que le permitió incursionar en una faceta inédita de sí mismo. A la pareja de amigos se sumó Karen, una adolescente colombo-francesa, explosiva y hermosa; una mujer libertaria y con una visión del mundo más amplia que cualquier joven de la ciudad en esa época, quien, además, había conquistado el corazón de Alex. Empatizaba con gais y desde el principio supo que Antonio lo era y que lo ocultaba con extremo cuidado. Samu, Karen y Antonio tuvieron una conexión inmediata. La rebeldía, la música y la literatura los unieron en un vínculo que perduraría indeleble en sus jóvenes corazones.

Juntos, se atrevieron a todo tipo de travesuras, incluso llevaron a cabo algunas fechorías propias de adolescentes intrépidos que pusieron a trastabillar su permanencia en el colegio. En una ocasión saquearon uno de los salones, llevándose toda la decoración y los refrigerios que harían parte de una celebración escolar. Fueron suspendidos por tres días, pero se les permitió continuar con sus estudios. Otro día, abandonaron las instalaciones del colegio sin autorización, en plena jornada de exámenes finales. Pasaron el día en un jardín urbano tomando cerveza y fumando cigarrillos. Al llegar a casa, sus padres habían sido notificados por las autoridades escolares y recibieron duras reprimendas.

En noviembre, un sábado en la noche, justo al finalizar sus estudios, se quedaron de ver en una zona de vida nocturna al sur de la ciudad para ir de fiesta con otros compañeros de clase, entre los que se encontraba Alex y algunos miembros de su grupo más cercano de amigos. Antonio sintió un halo de nostalgia y desesperanza en su alma. Sería tal vez, la última ocasión en que estaría cerca del hombre que había deseado en silencio por casi seis años.

Se preparó meticulosamente, asumiendo con la ropa una libertad que no sentía en su alma. Se sintió absolutamente diferente a ese tímido chico de once años que de lejos observaba esa figura desconocida que abrió un agujero en todo su ser. Recordó cada uno de los momentos vividos cerca de él y cómo de a poco, el destino los había ido juntando, y, de pronto, se asomaba la inminente e irremediable separación para siempre. Se dejó caer en su cama y lloró como si una daga se hubiese clavado en su espíritu, como si perdiese la esperanza de un futuro prometedor. Apenas con dieciséis años sentía una fatiga en su alma, impropia de los jóvenes de su edad. Quería decirle que lo amaba, pero ¿cómo? ¿Acaso no se reiría en su cara si se atraviese a hacerlo o sería el hazme reír de todos sus amigos y compañeros? Acostumbrado a ese silencio desolador que en ocasiones le carcomía, optó por mantenerse inmune a sus sentimientos y a seguir adelante con una frialdad que empezaba a helar una parte importante de su ser.

A eso de las nueve de la noche, Antonio y Samu se encontraron en un concurrido *mall* del occidente de la ciudad, donde convergían jóvenes de las comunas aledañas a pasar un rato alrededor de unas botellas de cerveza y vino, cigarrillos y marihuana. Ambos iban vestidos al estilo alternativo de mediados de la década de los noventa, camisas leñadoras, *jeans* rotos y descocidos y botas platineras. Juntos, fueron en busca de otro grupo de amigos, entre ellos Alex y Karen, con quienes se dirigieron a un famoso *pub* de la ciudad. Allí, en medio de la música y el espíritu juvenil y libertario propio del sitio, Antonio sintió un disfrute efímero y la reafirmación de una nueva identidad. Se sumergió en una especie de ritual de paso, donde en lo más profundo de su ser se proponía asumir una nueva actitud frente a sí mismo, la vida y Alex. En cuanto a este, su objetivo era claro: abandonar de una vez por todas la idea de que algún día podría ser suyo.

Alex se besaba intensamente con Karen. Sus manos se deslizaban por las caderas de la joven que apenas podía respirar ante las bocanadas de pasión que le propinaba su audaz amante. Antonio observaba fijamente, tratando inútilmente de disimular su obsesión por aquel hombre que se presentaba tan lejano para él. Un espacio infinito se interponía entre su objeto de deseo y sus pretensiones, a pesar de que solo un metro los separaba físicamente.

El olor a cigarrillo en el lugar era penetrante y unas pocas luces de neón alumbraban el oscuro garaje de no más de cien metros cuadrados. Un centenar de jóvenes agolpados allí, sudorosos y extasiados por los *bits* y el encuentro furtivo al ritmo de la música, desaforaban su energía y su libido adolescente en una danza que servía de medio de expresión de su rebeldía ante una sociedad acartonada, que abría pocos espacios a nuevas maneras de ver y percibir el mundo.

Antonio sintió la mano de Samu, apretándole el hombro.

—He notado que no dejas de mirar a Alex y Karen. ¿Te gusta ella?

Una risa nerviosa se reflejó de inmediato en el rostro de Antonio.

—Es muy linda, pero...no es mi tipo.

—¡Deberías cuadrarte con ella, harían una bonita pareja!

Samuel sonrió cruelmente mientras Antonio bebió un trago y vio cómo su amigo se perdía entre la multitud como una sombra fugaz en medio de seres que parecían participar en un rito tribal. Para sus adentros fue consciente por primera vez de que tenía que negar algo importante de sí mismo y ocultarlo a los seres más cercanos. Sintió que su amigo le lanzaba una flecha envenenada que él no pudo esquivar. Samu estaba con una chica. Antonio ya sabía que su amigo salía con mujeres, pero en sus adentros residía una duda, ¿acaso una sospecha de que lo hacía solo para darle gusto a los demás y que en el fondo negaba su homosexualidad? No sabía si era una especie de falsa esperanza o una errónea apreciación, pues él no deseaba a Samuel, asunto que lo hacía considerar que su indicio era cierto. Como si Samu hubiese escuchado las dudas de su amigo, se besó apasionadamente con su novia. Antonio se dio cuenta de que era el único del grupo que no estaba en pareja. Sintió un poco de vergüenza y disgusto consigo mismo, ya que, junto a la inquietud por sus deseos homosexuales, aparecía una nueva turbación por sus capacidades de conquista y de esa manera se enteraba de que una cosa tenía que ver con la otra.

Cierto malestar se hizo presente y una pequeña sed de venganza se apoderó de la mente de Antonio. Planeó rápidamente devolver la flecha envenenada, como si le estuviera torturando en sus adentros. Se acercó, esquivando a unos cuantos jóvenes sudorosos, hasta donde se encontraba Samu.

—Hagamos algo. Yo le echo los perros a Karen si tú se los echas a Alex.

Su amigo lo miró con ojos de desconcierto y luego ambos soltaron una carcajada. Antonio alcanzó a percibir una fugaz expresión de desasosiego en Samu ante el comentario, pero lo dejó pasar. Justo en ese momento empezó a sonar la canción preferida de ambos, *Personal Jesus* de Depeche Mode. Exultantes, movieron sus jóvenes cuerpos con sus ojos cerrados y su mente exiliada en algún lugar distante de la enigmática realidad que les acechaba. Compartieron su cigarrillo y se sintieron momentáneamente liberados de cualquier obligación física o moral. Con sus miradas y sonrisas reafirmaron una amistad que dejaba huella en ambos. Un instante después Alex se acercó a ellos, se puso en la mitad y los abrazó a los dos mientras bailaba notablemente ebrio. Giró su cabeza y observó con expresión complaciente a Antonio.

—¿La estás pasando bien?

¡Sí, muy bien!

Alex lo observó como si quisiera decirle algo y luego le tomó la cabeza y la recostó en su hombro.

—¡Está bien amigo, disfruta el momento!

—Lo hago, lo hago —respondió Antonio como sintiendo la obligación de decir algo coherente.

Un cierto vaho, producto de los perfumes, el cigarrillo y el sudor de quienes se encontraban en aquel lugar se había esparcido por todos los rincones del *pub*. Poco después de las dos de la mañana Karen y Samu propusieron ir al apartamento de Alex para continuar con la fiesta. Antonio estaba preocupado por regresar a su casa, pues había acordado con sus padres una hora de llegada que estaba sobrepasando, pero no podía desperdiciar la oportunidad de estar más tiempo cerca del hombre, que con cada minuto que pasaba se esfumaba de sus manos, de sus ojos y de su vida. Se olvidó de las reglas y se unió al grupo de amigos que, efervescentes de juventud y vivacidad, pretendían seguir la juerga hasta altas horas de la madrugada.

Como los padres de Alex se habían ido a pasar el fin de semana fuera de la ciudad, la casa estaba a su entera disposición. Antonio observó el lugar con admiración, sus fantasías despertaron de nuevo y lo pusieron a imaginar un sinnúmero de situaciones ardientes en aquel palacio urbano. Se incorporó a la sala donde encontró a Alex desparramado en un sofá imperial color camel junto a Karen. A su lado yacían abrazados Samu y Amalia, los demás estaban en el piso sobre un tapete persa, obnubilados por el consumo de alcohol, cigarrillos y marihuana.

Antonio se sintió intranquilo, pero ocultó su inquietud entre las risas y la conexión con sus amigos. Juntos hicieron bromas sobre sus compañeros y se mofaron de algunos de sus profesores del colegio. Un poco contra su voluntad probó el porro que se rotó en la sala. Un ambiente hasta ahora ajeno a él se presentaba ante sus ojos. Experimentó una emoción momentánea que rápidamente se fue opacando por una especie de desasosiego. Trató de no pensar en nada y disfrutar relajado del momento. Sin proponérselo sus ojos se dirigieron allí donde Alex se encontraba inclinado y pudo notar el bulto entre sus piernas, una ráfaga de deseo se volcaba sobre su mente y su cuerpo. Se puso de pie y se fue en busca de un baño, con tan mala suerte que al abrir la puerta vio a uno de sus compañeros haciendo el amor con una chica desconocida. Se escabulló rápidamente por las escaleras que conducían al piso de arriba y al observar a su derecha vio el cuarto de Alex; lo reconoció de inmediato porque este había dejado su chaqueta sobre la cama. Se debatió por unos instantes entre la tentación de entrar o seguir su camino, pero su curiosidad lo traicionó y caminando en puntas ingresó y tomó la chaqueta entre sus manos acercándola a su rostro; el olor a loción penetró hasta lo más recóndito de su humanidad. Se percató de que en la habitación había un baño e ingresó sigilosamente. Mientras orinaba, vio unos interiores de Alex colgados detrás de la puerta y su cuerpo hirvió. En un acto impulsivo y rápido, se puso los de Alex debajo de los suyos. Salió de prisa y bajó las escalas hasta la sala, con el corazón palpitando a toda velocidad.

Poco a poco el lugar se fue desocupando. En la sala quedaron Alex y Karen, Samu y Amalia, Antonio y una pareja de desconocidos. Karen propuso un juego en medio del relajo y los efectos de la marihuana. Tomó una de las botellas de cerveza que ya se encontraba vacía y la puso a rodar sobre el tapete persa, giró unas seis veces hasta que el pico quedó apuntando hacia la humanidad de Antonio. Todos rieron al unísono, mientras ella, de rodillas y gateando se acercó a él. Los demás observaron fijamente y con algo de morbo la inusitada escena. Antonio percibió como el estupor subía hasta sus mejillas, pero no le quedaba otro camino. Cuando palpó los labios de Karen junto a los suyos, solo pudo cerrar los ojos y pensar en Alex. Fingió hacerlo apasionadamente y con el estilo más masculino que pudo impostar.

——Besa bien, pero con delicadeza —acotó Karen.

Se desató la risa de todos en la sala. Antonio solo atinó a reír burdamente para disimular su bochorno. Se sintió desnudado ante los ojos de sus amigos, al tiempo que experimentó una especie de señalamiento y juicio público. Humillado, tomó la botella y la puso a girar, deseando que no apuntara nuevamente hacia Karen, pero al mismo tiempo pensaba ¿Y si apunta hacia Alex? La botella se detuvo en cámara lenta, y como si la turbación no fuera ya suficiente, el pico quedó señalando a Alexander Arrubla. ¿Era un regalo de la vida o una burla del destino? Un sopor se levantó desde sus entrañas y observó a sus compañeros sin saber qué hacer, la sala permaneció en silencio por unos instantes que parecieron eternos, mientras con sonrisas perversas se miraban unos a otros. No se volverían a ver en adelante y la vida le ofrecía a Antonio esa efímera oportunidad de materializar su deseo más reprimido de los últimos seis años. Observó fugazmente el inexpresivo rostro de Alex y pensó «¿Por qué no?» pero nuevamente su conciencia moral a manera de un centinela lo obligó a decir:

——¡Vuelvo a tirar!

En sus adentros se libraba una batalla, pues no quería hacerle pasar a Alex un momento incómodo, pero deseaba con ansias poder sentir esos labios. Tenía sus interiores puestos, un fetiche obsceno realizado, y ahora, podría besarlo. ¿Acaso podía ser tan idiota para desperdiciar esa coincidencia casi metafísica del destino?

Era una situación embarazosa y trató de no perder el decoro. Era como si tuviese que corregir una situación; pero de otro lado, no podía creer que estuviera tan cerca de algo que había anhelado tanto y se le hacía imposible.

——¡Se tienen que besar! —gritó con voz resuelta Amalia.

——¡Sí! Que se besen, las reglas son las reglas —apoyó Karen.

Alex empezó a reír sin perder la compostura.

——¡Beso, beso, beso, beso...! ——coreaban todos.

Para Alex la situación era de lo más jocosa, parecía no perturbarle en lo más mínimo. Asumió que era un juego y como en un juego se comportó. Esbozó una indescifrable sonrisa, cerró los ojos, estiró sus labios y con suaves movimientos de la mano le indicó a Antonio que se acercara. «¿Por qué no?», pensó Antonio de nuevo, y como si esa pregunta, que era ya su mantra, lo hubiese puesto en otra sintonía se puso de rodillas y estirando el torso se deslizó decididamente hasta quien había sido su compañero, amigo y amor imposible. Juntaron sus bocas y se dieron un efímero beso carente de cualquier pasión. Hubo un breve silencio y tras un momento se sintió una leve protesta por parte de los demás.

——¡Muy corto ese beso! ¡Así no vale!

——¡Otro, otro, otro!

Las chicas rieron con picardía como si la situación las excitara. Antonio se doblegó ante ese ínfimo instante que quedó grabado en todo su cuerpo y su ser, pero al mismo tiempo sintió que se lo arrebataban violentamente como si de sus manos le quitaran el tesoro más preciado. Un beso anhelado, en un momento inesperado, dejaba en su corazón una turbulencia de sentimientos que empezaban a carcomer sus entrañas de nuevo.

Karen se incorporó sagazmente y se ubicó junto a ellos, y agarrándolos de la nuca como una dominatriz, profirió:

——Deben repetir ese beso.

——Ya estuvo, nos besamos —protestó Alex.

——Se deben besar bien.

Antonio no se atrevía a hacer contacto visual. De repente se percató de que él se le acercó y puso nuevamente sus labios sobre los suyos, esta vez con más vehemencia. Un sutil contacto de las lenguas hizo que Antonio se sintiera al borde del colapso, pero resistió. Fueron tal vez los cinco segundos más prodigiosos de su existencia. Esas tiernas humedades activaron cada molécula y cada célula en el interior de su cuerpo.

Hubo nuevamente un silencio en la sala y luego aplausos y risas. Antonio se incorporó y se acomodó de tal modo que nadie notara la erección que traía, tal vez la más potente y duradera que recordara. Alex abrazó a Karen como queriendo reafirmar su hombría y que lo que acababa de suceder no tenía que ver con su esencia masculina. Samu miraba a Antonio como queriendo escudriñar qué pasaba por su cabeza. «¿Le habrá gustado?», preguntaba con su mirada inquisidora.

——¡Ronda de porro! —propuso Amalia.

Todos asintieron y en el ambiente hubo nuevamente distensión. Giraron una vez más la botella, entregados al hechizo de la hierba, ya nada importaba, tal vez algunos de ellos ya nunca más se volverían a ver. Rieron de forma cómplice por lo sucedido y en el corazón de Antonio se fraguaba una especie de júbilo acompañado por una incertidumbre que se profundizaba con el paso de los minutos. Sin embargo, la sensación de los labios de Alex quedaba impregnada en su conciencia y en todas las tesituras de su piel por el resto de sus días.

Desde su nacimiento, a Alexander Arrubla Sepúlveda, todos lo llamaban Alex. Lo recordaba tan bien que, en las primeras evocaciones de su temprana infancia, resonaba esa voz cariñosa y abrigadora de su padre cuando lo corregía por cualquier travesura, o cuando simplemente le contaba historias de sus aventuras en los pueblos y caseríos donde comerciaba. Su abuela paterna, Matilde Cano, era la única en la familia que lo llamaba por su nombre completo, Alexander, y en más de una ocasión le agregaba el Jesús como un puro acto de rebeldía, porque ella siempre quiso que lo bautizaran Alexander de Jesús, ya que, según ella, él era un milagro divino que había venido a la Tierra a cumplir una misión celestial. Eso le valió más de una pelea con Lucila Sepúlveda, su nuera, quien siempre le refutó el Jesús y que incluso tuvo que contrariar al esposo que quería seguir con la férrea propuesta de Matilde. Al final, triunfó la obstinación materna.

Alex creció en una de esas casas grandes del barrio Simón Bolívar, junto a su madre, su padre y su hermana menor. León Arrubla, procedente de Puerto Berrío, era un renombrado comerciante y ganadero que había llegado a Medellín atraído por algunos políticos del partido Conservador en Antioquia y movido por la idea de continuar con su carrera política, la cual, había iniciado en su región, primero como concejal y luego como alcalde de un pueblo lejano y olvidado.

A León siempre le gustó coquetear con el poder y el dinero, obteniendo siempre muy buenos réditos de ello. Desde Medellín administraba su patrimonio en Puerto Berrío, así como sus negocios de alimentos y metales preciosos en el área metropolitana y toda la región del Magdalena Medio y Nordeste de Antioquia. En cuanto a su esposa, Lucila, siempre fue una mujer prudente y recatada, formada para las labores del hogar, cuya vocación de madre le había sido inculcada desde que era una niña. Sin embargo, esto no fue impedimento para que realizara sus estudios técnicos en contabilidad, lo que fue de mucha utilidad a la hora de ayudar a administrar los negocios de su esposo, con quien se casó cuando apenas terminaba el bachillerato.

Alex fue el mayor y el único descendiente varón de una pareja de tradiciones enraizadas, que siempre quiso lo mejor para ambos hijos, e hicieron los mayores esfuerzos para que tuviesen una educación sobresaliente y continuaran con un linaje que para ellos era motivo de orgullo. Debido a una enfermedad en la matriz, Lucila Sepúlveda no había podido tener más hijos, así que todas sus expectativas estaban puestas en Alex y Sara.

Pero por esas cosas de la vida, Alex se desvió un poco de ese camino, pues desde que estaba en la escuela dio muestras de rebeldía, llevando siempre un aspecto desordenado, que no reflejaba su procedencia ni las aspiraciones de su familia.

A los siete años, Alex ya sabía manejar un revólver; a los nueve ya había consumido marihuana; y a los trece se había iniciado en los placeres carnales, terreno en el cual terminaría convirtiéndose en todo un experto. Eso sin contar otras proezas realizadas durante su adolescencia gracias a las licencias otorgadas por su padre, quien a causa de sus múltiples ocupaciones en los negocios y la política no tenía el tiempo suficiente para dedicar a la educación de su hijo. El mayor empeño en el cuidado había sido puesto en su hermana Sara Manuela, dos años menor que él. Sin embargo, sobre Alex, recaía la impronta de seguir con el legado de su padre, para lo cual tenía sobre sí, la misión de formarse académicamente y adquirir las habilidades sociales y políticas de un Arrubla.

Cada año en las vacaciones escolares, Alex y su hermana viajaban a la hacienda ganadera de su padre en Puerto Berrío, llamada La Gracia, en honor al espíritu jovial y encantador que envolvió a Sara Manuela desde su nacimiento. Allí, Alex aprendió a montar a caballo, arriar ganado y asumir esa actitud de mandamás, tan característica en su padre, un terrateniente de la región con poder y nexos, muchos de ellos confusos y oscuros, pero necesarios para prosperar en el agreste mundo del comercio de metales preciosos.

Con mirada escrutadora, observó cómo su padre se desenvolvía en ese entorno de intercambio de piedras preciosas, alimentos, favores, tratos mal habidos, política y dinero.

Fue precisamente en esa tierra donde conocería su primer amor: sucedió en un diciembre de finales de la década de los ochenta, cuando la familia entera se reunió allí para una de esas celebraciones navideñas típicas de la cultura antioqueña. Globos de mecha, voladores, un gran árbol de navidad, villancicos, música parrandera y, por supuesto, mucho aguardiente, se entremezclaban en una celebración religiosa y arriera.

Procedentes de variadas zonas y regiones, llegaron miembros de la familia Arrubla y Sepúlveda para sumarse al encuentro. Una de las primas de Lucila Sepúlveda, arribó desde Caracolí con su hija Isabel Cristina Monsalve, de catorce años, quien sería el primer amor de Alex.

El contorno perfecto de un cuerpo femenino en pleno desarrollo, los ojos negros penetrantes, medio apagados, los labios color carmín, la blancura de su tez y un cierto olor floral en su cabello, lo cautivaron. Y este, con la seguridad característica aprendida de su padre, tomó la iniciativa para conquistar a esa hermosa joven cuyo aspecto pueblerino y lleno de gracia envolvía una belleza enigmática y misteriosa. Aunque se dieron los primeros besos resguardados en los graneros de la hacienda, se sabría tiempo después del romance entre los primos, asunto muy habitual en las copiosas familias paisas.

Si bien, el noviazgo duró solo siete meses, pues la distancia solo les permitía verse algunos fines de semana, para Alex fue el inicio de una larga trayectoria en materia de relaciones amorosas. Desde entonces, siempre estaría en compañía de una mujer. Esto le trajo algunos inconvenientes en su vida escolar, pues el tiempo dedicado a sus amoríos iba en detrimento de sus labores académicas, lo que le garantizaba un lugar en las infaltables y temidas habilitaciones de fin de año. Situación que no le preocupaba mucho, pues, estaba decidido a seguir el camino de su padre, y para ello, solo necesitaba algunos conocimientos en matemáticas, labia, viveza y algunas destrezas sociales; cosas que, en su mayor parte, podía aprender perfectamente en la calle y no en el colegio. De este, solo necesitaba el cartón y el prestigio que le podía otorgar.

En el barrio, en el colegio e incluso en su familia, mantenía una actitud de capataz, que junto a su vitalidad y fluidez verbal le allanaban el camino para conseguir todo cuanto se proponía. Era el líder de la banda marcial del colegio, el capitán del equipo de microfútbol y quien portaba las banderas en las celebraciones y marchas protocolarias de la institución. Desde los trece años fue un don juan, lo que era motivo de orgullo para su padre y de recelo para su madre, quien no aprobaba que, desde tan temprana edad, Alex anduviera picando de flor en flor. Pero ya no había nada que hacer, ese tren de hombría y potencia masculina era indetenible.

Fue precisamente en la hacienda La Gracia, donde a sus escasos nueve años, vio a su papá haciendo el amor con una de las empleadas del servicio. Una monteriana de caderas anchas y tetas grandes con una abundante cabellera rizada. La tenía en cuatro, y ambos sudaban profusamente, mientras gemían con vehemencia. Desde entonces se despertó de manera precoz su líbido y sus ansias prematuras de estar en la cama con una mujer. Unas semanas después ya andaba repartiendo inocentes besos a sus compañeritas de la escuela primaria, y en escenas de seducción con sus primas más cercanas.

Ya en el colegio, y con todo un recorrido en los preámbulos del amor, tuvo todo a su favor para ejecutar exitosamente sus planes de conquista con quien se le antojara. En cada año escolar estrenaba novia, sin contar las aventuras ocasionales. Pocas se resistían a su figura varonil; en tanto que los mayores pensaban que era demasiado encantador para ser tan joven.

Desde su primer día de clases les dejó en claro a todos sus compañeros quién era el que llevaba las riendas. Para eso, se supo rodear de quienes podían reafirmar esa figura, amigos de apariencia fuerte y rebelde a su imagen y semejanza. Como sus padres le tenían prohibido usar cadenas de oro, por su seguridad, Alex usaba baratijas y alhajas de oro *golfi* que lucían muy bien en su pecho. Además, llevaba *piercings* de plata en las orejas. En el colegio retaba a profesores, coordinadores, tutores y a todo el que se interpusiera en su camino. Bien sabía que el dinero de su padre podía arreglar muchas cosas, incluso en un colegio católico.

Alex se sentía dueño de su imperio imaginario, del pequeño mundo que el mismo había construido, creyéndose un montón de cuentos ilusorios que le servían de refugio para guarecerse de algo que se asomaba por sus resquicios, un vacío, algo que no terminaba de encajar en su fastuosa vida. Era como una especie de sombra que lo perseguía a donde fuera, pero que, desde muy joven se había empecinado en ignorar por meses e incluso años. Pero era precisamente en esos pocos momentos en que esa sombra emergía, que Alex se sentía sacudido hacia un precipicio oscuro, del que nadie ni su familia ni sus amigos más cercanos, se daban por enterados.

En el universo de Alex todo parecía perfecto. Era como si la divinidad le allanara el camino hacia un futuro exitoso. Pero como en el mundo de los mortales, ni el hombre más rico o afortunado tiene asegurada la felicidad absoluta, esa sombra interior lo sacudiría en más de una ocasión poniendo a tambalear todo su ser.

Con su pandilla de estrato alto, salía a hacer todo cuanto prohibido estuviera. Se emborrachaban, se drogaban, e incluso en una ocasión, llegaron al extremo de robar con un arma por el solo placer de sentir la adrenalina recorriéndoles el cuerpo. Se contaban todas sus proezas como en una competencia por saber quién había sido más osado o temerario dentro del grupo. Todo ello ayudaba a reafirmar esa hombría de la que se sentían tan orgullosos.

Ese mismo año, su sombra se manifestó en forma de sueño, de esos imposibles de ignorar. Soñó con una escena que había vivido una tarde en la clase de educación física, cuando uno de sus compañeros hacía abdominales bocarriba, en pantaloneta, y sus ojos, extrañamente, se clavaron en sus piernas entreabiertas.

En el sueño, Alex se ponía de pie y se dirigía a su delgado y alto compañero de piernas largas y velludas y le bajaba la pantaloneta, al tiempo que él se quitaba la suya, se le echaba encima, y empezaban a frotar sus genitales por encima de los calzoncillos. Sintió, mientras dormía, cómo desde sus adentros brotaba un contenido acuoso, produciéndole un placer indescriptible. Despertó de inmediato para comprobar que sus interiores estaban completamente húmedos y pegajosos. Corrió rápidamente al baño a limpiarse y a lavar la prueba de su sacrilegio. Se lavó la cara con abundante agua, se secó con una toalla y se quedó mirándose por unos segundos en el espejo, preguntándose, qué diablos había sido eso, a qué se debía tal sensación y sugiriéndose nerviosamente que a veces la mente le tendía trampas a ciertas personas para desviarlas del camino correcto. Le entró una repentina inquietud espiritual que anunciaba un mal presagio. En las clases posteriores estuvo distraído.

Durante su estadía en el colegio se repitió la misma situación un par de veces más, e incluso intentó preguntarles a sus amigos de mala vida si algo similar les había pasado alguna vez, pero temió que su hombría se pusiera en tela de juicio, así que optó por guardar el secreto y clausurarlo en lo más recóndito de su ser. Cada vez que eso le sucedía se incrementaba su actividad sexual con su novia de turno o con cualquier polluela que se rindiera ante sus atributos masculinos. Se demostraba a sí mismo que ese tipo de fantasías no podían más que producirle risa aun varón como él. Pero como el deseo de enterrar un pensamiento lo único que produce es su recurrencia, esa sensación lo siguió mortificando ocasionalmente en sueños e ideas involuntarias, las cuales lograba distraer con sus actos de pandillero o con amoríos desordenados.

En noveno estuvo a punto de reprobar nuevamente el año, debido a su bajo rendimiento académico, pero esta vez, las influencias de su padre serían cien por ciento efectivas y le permitirían avanzar al siguiente grado sin mayores contratiempos. Las contribuciones económicas de su familia a la Asociación de Padres y a algunas obras benéficas de la comunidad religiosa, asociada a la institución, funcionaron perfectamente en esta ocasión.

Su vida social con sus amigos y sus hazañas de conquistador habían cooptado gran parte de su energía. Sentía un desprecio innato por la vida académica y emergía en su interior un interés atávico por convertirse en un hombre poderoso y adinerado como su padre.

Este quería que estudiara Derecho para que empezara su vida política junto a él y se convirtiera en un prestigioso abogado capaz de aspirar a destacados cargos públicos ya fuera concejal, diputado y por qué no, alcalde de una ciudad importante, para después llegar a los altos puestos del gobierno nacional o iniciar una carrera diplomática. Pero ese era un campo de acción que tampoco despertaba el total interés de Alexander, quien no se identificaba con las aspiraciones que su padre anhelaba para él.

En décimo grado tuvo su primera relación estable con una bella chica llamada Carolina Trujillo —oriunda del Carmen de Viboral—, de ojos claros, delgada y de cabello castaño claro. Su belleza lo atrapó de inmediato, pues sentía debilidad por las mujeres frágiles y a la vez seductoras. Carolina le ofreció un amor seguro y frugal; además, sus padres quedaron encantados con la chispa, inteligencia y buena figura de esta joven, pero, sobre todo, por su noble procedencia.

Fueron inseparables mientras probaron las mieles de un amor juvenil que era perfecto a los ojos de sus familiares y allegados. Despertaron envidias y se convirtieron en una pareja admirada. Era con ella con quien se besaba apasionadamente el día que Antonio lo vio de lejos a las afueras del colegio.

Alexander Arrubla se había propuesto por fin tener algo serio con una mujer, asentar cabeza y dejar tantos amoríos furtivos. A sus dieciséis años pensaba que debía encarar la vida con mayor madurez y proyectar algo bueno para sus próximos años. Se planteó también abandonar de una vez por todas esa sombra que aparecía cuando menos se lo esperaba y asumir que era un asunto normal dentro de su proceso de desarrollo y que como tal, desaparecería con el pasar del tiempo. Se empeñó en ofrecerle fidelidad y lealtad a su nuevo amor, pensando que de esa manera la vida se encargaría de poner las cosas en orden, incluso en su revoltoso interior.

Pero como el diablo es puerco, su sombra le volvió a jugar una mala pasada. Para el cumpleaños número dieciséis de Carolina preparó una celebración digna de la novia de un macho Arrubla. La invitó a cenar a uno de los mejores restaurantes de la ciudad, todo con la complicidad de su padre quien le recomendó y de paso pagó el sitio, incluido el motel donde debían finiquitar una noche inolvidable para ambos. Comida mediterránea y una botella de Cabernet Sauvignon los dejaron listos para sellar su amor a la luz de una luna de junio y una cálida noche propicia para el romance y la pasión. Carolina se había dispuesto plenamente para ese encuentro, debajo de su vestido llevaba un provocativo *baby doll* con liguero color negro, que despertaría toda su pasión.

Llegaron en el Montero Mitsubishi, propiedad de León Arrubla, al famoso motel en la vía entre La Estrella y Caldas e ingresaron a la *suite* que previamente reservaron para esa noche. Terminaron de embriagarse con *champagne* y juguetearon con unas cerezas que les dejaron en la mesita de noche, junto a la cama, tamaño *King* con sábanas de terciopelo y algodón. Unos pétalos de rosa decoraban el nido de amor y una luz tenue apenas suficiente para el ardiente encuentro se reflejaba en sus juveniles cuerpos.

Ya en medio del acto sexual, un pensamiento se cruzó por la mente de Alex. Carolina estaba bocarriba con las piernas abiertas y esa imagen le recordó aquel sueño molesto con ese adolescente delgado, en similar posición. Se desconcentró tanto que tuvo dificultades para tener el orgasmo y eso lo hizo sentir tremendamente incómodo. Él era todo un semental y no podía fallarle a la mujer amada. Pero cuanto más se proponía demostrar sus dotes de macho, más lo traicionaba el inconsciente, así que decidió juguetear un poco para disimular y recobrar la virilidad. La noche terminó con una sensación agridulce para ambos. Carolina fingió su orgasmo de un modo condescendiente, pues no quiso agregarle más frustración a una noche decepcionante.

Se juraron amor eterno e hicieron planes para casarse una vez terminaran el bachillerato, pero la relación solo duró un año y medio. Esas palabrerías de adolescentes no pasaron de ser simples ilusiones trazadas al compás de un deseo juvenil capaz de soñarlo todo, y lejano de las realidades y miserias humanas. Alex, en el fondo, sabía que no quería amarrarse a una sola mujer y menos con toda su juventud y vida por delante. Estaba seguro de que el destino le deparaba una vida llena de placeres y que contaba con todas las cualidades para vivir ese delicioso futuro que se imaginaba. A simple vista Alex parecía ser un hombre con la capacidad de dar amor a cualquier mujer que despertara sus más nobles sentimientos, pero en realidad, tras de esa máscara, había un amor que era más propio. Adoraba su imagen y lo que representaba, de un modo narcisista y ególatra.

A mediados del último grado de bachillerato se enganchó con una chica muy diferente y que lo pondría a prueba en muchos aspectos, sobre todo en cuanto a sus propias convicciones y límites. Para entonces, Alex se había involucrado más de lleno en los negocios de su padre y eso le había posibilitado conocer de cerca ese nuevo mundo al que se sentía atraído, además de disfrutar las mieles que el dinero y el poder le proveían. Viajaba constantemente a la hacienda familiar y se ufanaba frente a sus amigos de sus experiencias en el campo de la ganadería y el intercambio comercial. En medio de esos parajes exuberantes, desataba esos aires de caporal tan propios y se entrenaba para un futuro muy cercano.

Antonio era uno de los que escuchaban con suma atención sus narraciones, se deleitaba y fantaseaba de manera aún más desproporcionada. En varias ocasiones tuvo la osadía de hacerlo entrar en detalles sobre sus hazañas y correrías, por el solo morbo de imaginar y acomodar esas escenas a su antojo. Su constante cercanía por motivos académicos les permitió consolidar una fútil amistad, en la que Alex esperaba recibir toda la atención. Para Antonio, los términos de esa relación no le representaban ningún problema, estaba dispuesto a escuchar las historias y aventuras de su amigo el tiempo que fuese necesario, estaba a su entera disposición, el intercambiar experiencias de un modo tan cercano, le colmaba su espíritu solitario y retraído.

Karen Lucía Irisarri era una joven citadina de mente abierta. Acostumbrada a vivir el amor sin tapujos, pasó sus primeros años en Bogotá junto a sus padres: una profesora antioqueña y un abogado bogotano de ascendencia francesa. Cuando cumplió doce años, la familia se radicó en Lyon; allí cursó sus estudios hasta el noveno grado, completando el ciclo de secundaria obligatoria Luego, retornarían a Colombia, esta vez a Medellín, donde Karen cursaría los grados décimo y undécimo del bachillerato.

Para esta pequeña doncella de 1.63 de estatura, el amor consistía en la posibilidad de un encuentro pasional con cualquier persona sin importar su género, así que esa *petite,* colombo-francesa era toda una novedad para la época y para una ciudad que seguía siendo mojigata en asuntos del cuerpo y la sexualidad. Su experiencia en el amor y en los placeres carnales a sus escasos dieciséis años, incluía varones y hembras con los que se sumergía en el ardoroso mundo de los instintos más bajos sin ninguna reserva o la represión de unos padres que, por lo demás, eran progresistas.

Alex no se pudo resistir a los encantos de esa deidad del inframundo que rápidamente lo condujo por laberintos desconocidos. Tal vez ese velo enigmático que la cubría era lo que más le atraía. El día en que se conocieron, hicieron el amor en repetidas ocasiones. Karen lo guiaba por los senderos de la lujuria, aquellos que Alex ya conocía, solo que esta vez con nuevos ingredientes.

Le enseñó a Alex, entre otras cosas, cómo hacerle debidamente el sexo oral a una mujer. Juntos, exploraron sus cuerpos al compás de una seducción femenina. Ella lo dominaba y él no se oponía, por el contrario, se entregaba a sus designios con deleite, al igual que un esclavo frente a su amo. Sin embargo, en ocasiones se cuestionaba sobre su rol frente aquella mujer que claramente sabía lo que quería y hacia donde iba, y ponía a trastabillar al don Juan que llevaba dentro.

En el colegio, Karen pronto se hizo amiga de Antonio, pues encontró en él un gran parecido con su mejor amigo francés, Pierre, quien era abiertamente gay y con quien compartía su afición a la danza y a la literatura. Desde que lo observó a la distancia, hablando con Samuel, supo que Antonio era *gay* y eso le despertó un sentimiento de ternura y a un mismo tiempo compasión al notar su timidez y soledad. Nunca lo presionó para que le revelara su verdadera inclinación, pues sabía que las cosas eran diferentes en este lado del mundo. Su amistad se selló al compás de los cuentos y las novelas de Borges y Julio Verne, de mundos fantásticos y narraciones extraordinarias.

Alex notó de inmediato la cercanía entre Karen y Antonio y eso le causó unos celos inexplicables que mitigó con sus convicciones personales. A esas alturas, ya sospechaba de las inclinaciones de Antonio e incluso intuía que gustaba de él, situación que le generaba incomodidad, pero que manejaba portándose indiferente y anteponiendo esa típica relación de amistad entre los hombres, libre de deseos.

Alexander Arrubla que siempre creía dar un paso antes que todos, no sabía nada de literatura ni filosofía, lo suyo eran las matemáticas, pero las básicas, nada de estadística, cálculo o álgebra. Pasaba los cursos copiándose de sus compañeros en los exámenes. Cuando se dio cuenta cuan unidos estaban Karen y Antonio por la literatura, intentó emprender la lectura de algunos libros que reposaban en la biblioteca de su hermana, sin ningún éxito.

Karen parecía tener un imán en su espalda para atraer chicos *gais* reprimidos, que ya en el grado undécimo y con la corriente alternativa de los años noventa decidían mostrarse un poco más, pero con cautela en una institución que, claramente, optaba por la vía más fácil: la negación. Pero como ella estaba dos décadas adelante, intelectual y mentalmente, los incitaba a dejarse crecer el pelo, usar los *jeans* rotos e incluso a llevar de manera muy sutil algo de delineador en sus ojos, con la justificación de que era la moda entre los *punkeros* en Francia, Alemania y los Países Bajos. En pocos meses ya lideraba una pandilla estudiantil donde se mezclaban gais, alternativos y chicos progresistas que no se sentían identificados con los valores dominantes de la época. Alex tuvo que lidiar con eso, pues su amor por Karen era enorme, pero su postura decidida y avasallante lo ponía dubitativo e inseguro, sobre todo, frente a los principios con los cuales había sido criado. Sentía que ella iba demasiado lejos, y que él, ni siquiera terminaba de asimilar una situación, cuando ella aparecía con una nueva.

Un viernes de finales de octubre, Karen organizó una fiesta de antifaces al mejor estilo de una corte medieval. Antonio usó una máscara veneciana que le cubría medio rostro. Se vistió con un saco negro trenzado de cuello alto y pantalones ajustados del mismo color y botines de cuero. Alex, quien llevaba un antifaz de arlequín, lo observó a lo lejos, y quedó perplejo al verlo en su ropa ceñida y lo bien que lucía su cuerpo. Por un instante, Antonio se sintió observado, y examinó a su alrededor. Su mirada se detuvo, y en un segundo, percibió el rostro de aquel varón que lo observaba tras su antifaz. Alex giró levemente sus ojos y Antonio se acercó lentamente con una convicción inusual, y a cada paso que daba, el corazón de Alex latía con fuerza. Como a este siempre le gustaba tomar la delantera, exclamó:

——¡Luces muy bien amigo!

——Tú también, se te ve genial ese antifaz.

——¿Te parece?

——Sí, me parece.

——¿Estás tomando aguardiente?

——No, Ron.

La seguridad de Antonio hizo que Alex retrocediera en su ímpetu sin perder ese donaire que lo caracterizaba.

——Me alegra que tú y Karen estén juntos. Se les ve muy bien —dijo Antonio.

——¿Ah sí? ¿Y tú qué sabes si estamos bien?

Hubo un silencio incómodo y cuando Antonio se preparaba para responder, Alex lo interrumpió:

¡Bahhhh!, estaba bromeando, claro que estamos bien.

Ambos se sonrieron y se dieron palmadas en la espalda, otro de esos códigos masculinos que Antonio detestaba. La verdad era que quería darle un abrazo completo, agarrarlo con todas sus fuerzas y poner su cabeza junto a la de él y estar así por un par de minutos.

Escucharon *rock*, tomaron grandes cantidades de licor e hicieron un ruido estrepitoso hasta después de la medianoche. Antonio y Alex conversaron con tal naturalidad, que Karen al observarlos, se sintió sorprendida, tal vez el hecho de usar máscaras los hacía sentirse más cómodos. Sabía cuánto había influido ella en el pensamiento de Alex, que, a sus diecisiete años, era tan retrógrado como su abuelo.

Antonio no podía más que envidiar a su amiga por lo afortunada que la consideraba al poder amar a aquel hombre. ¿A quién iba él a amar? El frío roce de la soledad empezaba a helar su corazón, en un momento en el que no tenía el más mínimo indicio hacia quién dirigir sus sentimientos.

Karen los observaba de lejos con un presagio de esos que habitualmente le llegaban a su vidente corazón, con el agravante de que, en casi todos los casos, por no decir en todos, acertaba. Alcanzaba a ver detrás del antifaz de Antonio un brillo inusual en su mirada y una leve sonrisa que develaba una pasión que podía ocultar fácilmente ante los ojos de los demás, pero no ante ella, que poseía un talismán interior que le ayudaba a auscultar hasta los más oscuros secretos de las personas a su alrededor. Tal situación, lejos de molestarla, la excitaba y tuvo la fantasía de hacer un trío con su novio y su amigo. Sintió humedecerse y encenderse desde adentro; pero sabía que en este caso no pasaba de ser más que una simple fantasía, debido a las barreras de Alex.

Sin embargo, esa misma noche se lo propuso, y él, ruborizado, consideró la idea de estar con dos mujeres al tiempo. Alex, que se creía el jefe de la pandilla se increpó a sí mismo sobre sus alcances y sus dotes, ¿cómo era posible que a estas alturas de la vida un galán como él nunca hubiese hecho un trío? Pensó que, a los ojos de Karen debía parecer un hombre inexperto y eso lo impulsó a responder afirmativamente a su propuesta.

—Claro que quiero hacerlo. ¿Con cuál de tus amigas lo haremos?

Karen lo observó con expresión irónica:

——¿Yo te dije que el trío lo vamos a hacer con otra mujer?

——¿Ah, no? ¿Y entonces cómo se supone que lo vamos a hacer? —interpeló exaltado.

——¡Pues con un hombre o es que no te atreverías a darme ese gusto a mí y por ahí derecho pruebas!

La conversación no prosiguió. Alex arrojó su antifaz y abandonó lleno de rabia la fiesta. Estaba descompuesto e irritable, algo no encajaba en todo aquello y sentía que perdía el control. Antonio se quedó extrañado por la temprana partida de su amigo, sin saber que hacía parte de una fantasía que lo ponía tan cerca de su objeto de deseo.

En los días siguientes, Alex tuvo una actividad onírica intensa. En algunos de sus sueños se sentía perseguido por una figura envuelta en un manto negro, generalmente, en medio de la persecución caía a un abismo y despertaba exaltado. Una noche, soñó que ascendía por una colina en medio de la oscuridad y en la parte final de la misma había un pozo y junto a este se encontraba Karen quien lo observaba y le sonreía. Al intentar avanzar hacia ella se alejaba, luego, giró su cabeza y al tratar de ver su reflejo en el agua del pozo, observó la máscara que Antonio llevaba durante la fiesta de antifaces. Despertó a la mañana siguiente recordando ese sueño y tratando de comprender su significado. Ese día se sintió obnubilado y optó por estar solo, viendo la televisión y escuchando música en su cuarto.

El tema se olvidó rápidamente y a finales de noviembre, Karen y Samu organizaron una nueva fiesta, en esta ocasión para despedir el año escolar y celebrar la culminación del bachillerato. Esta se llevaría a cabo en un *pub* reconocido localmente y famoso entre los jóvenes alternativos de la ciudad. Karen continuaba con sus fantasías en secreto, pero sabía que no era oportuno mencionarlo nuevamente, pues tenía claro que Alex no era tan abierto y libertario, como decía ser constantemente.

Esa noche se puso de acuerdo con Amalia, su amiga entrañable, para propiciar el juego de la botella con la ilusión de que aquello pudiera dar pie a algo más. Pero ni los tragos ni la marihuana pudieron derribar los límites de Alex ni de Antonio, a quienes a fuerza de lidias les sacó un besó que no trascendió a nada más. Se sintió frustrada y fuera de lugar.

Esa misma noche se dio cuenta de que una mujer con su panorama del mundo, próxima a ingresar a la universidad a estudiar su carrera de Filosofía y Letras no concordaba con un hombre de visión cerrada y acartonada, cuyo único interés estaba puesto en la acumulación incesante de dinero y poder para satisfacer los deseos ególatras de un padre que priorizaba más aquello, que la propia felicidad de su hijo. Fue consciente de que la apertura mental de sus amigos en Francia no correspondía en lo más mínimo con las personalidades reprimidas y puritanas de sus amigos en Medellín. Al día siguiente, habló con sus padres y les planteó la posibilidad de retornar a Lion a estudiar allá. Ellos accedieron e iniciaron la búsqueda de un cupo en una universidad en aquella ciudad y en un lugar de residencia seguro para su hija.

Por su parte, Alex se esforzó en no otorgarle mayor relevancia a lo acontecido aquella noche. Pero era precisamente el esfuerzo que tenía que hacer para no pensar en ello, lo que lo inquietaba. El recuerdo de los labios húmedos de Antonio y su respiración exaltada durante ese lapso, dejaron una huella indeseable en su mente.

Se sumergió en los asuntos comerciales de su padre; y en las noches salía con sus amigos de barrio a fumar marihuana en una cancha de fútbol cercana. Ese ligero mundo escolar empezaba a quedar atrás y un nuevo horizonte se cernía ante su indecisa mirada. Se dedicó a vivir y disfrutar el presente, sin pensar mucho en sus próximos pasos. Pudo evadir fácilmente el servicio militar, gracias a que su padre pagó una alta suma de dinero por su libreta militar, y así evitarle un año de servicio obligatorio, como el que debía cumplir la mayoría de recién egresados del colegio.

Su relación con Karen terminó por esfumarse, al tiempo que ambos finalizaron el bachillerato. De ahí en adelante solo quedarían recuerdos de un vendaval de experiencias que marcarían su espíritu, destinado a proseguir un camino que sus padres le habían delineado cuidadosamente, sin tener la absoluta conciencia de lo que esto implicaría para su vida y de si realmente en el fondo era lo que deseaba para sí mismo. Atrás quedaban sus aventuras y noviazgos de adolescente de colegio, sus partidos de fútbol, sus salidas en bandada con sus amigos y sus proezas de pandillero ricachón. Ahora, la vida le ponía el reto de tomar decisiones y enfrentarse a la adultez con las ventajas que una familia pudiente podía otorgarle.

Antonio, por su parte, recién cumplía diecisiete años e iniciaba su preparación para obtener un cupo en la universidad y acceder a la Licenciatura en Humanidades e Historia que tanto anhelaba. Pero antes debía esperar la notificación por parte del ejército para saber si era apto para el servicio militar. Mientras tanto, se dedicó a la lectura, a los días sin afanes ni tareas escolares y a disfrutar del tenue transcurrir del tiempo, que a esa edad se puede contemplar sin mayores angustias ni apremios.

Para Antonio, el futuro estaba lleno de expectativas y proyectos por realizar. Sus experiencias en el colegio pasaban a ser un cúmulo de recuerdos en el que la imagen de Alex ocupaba todos los espacios y rincones posibles en su mente. Un sabor agridulce empezaba a marcar esa nueva etapa de su vida, pues logró atesorar valiosos momentos cerca al hombre que había conmovido todo su ser, pero así mismo, se escapaba de su vida toda posibilidad de una cercanía que al menos le permitiera ese disfrute efímero de observarlo.

En la tarde luminosa y tranquila de domingo el viento se colaba por los resquicios de la puerta apenas entreabierta y refrescaba el rostro de Antonio, quien sentía entonces todo el rigor de su adolescencia. Eran los años del miedo, tiempos en los que caían jóvenes en cada esquina de los barrios de Medellín, víctimas de una guerra sanguinaria entre los carteles y el Estado. Antonio y su familia no eran ajenos a esta realidad, pero la firmeza de sus costumbres y la severidad de sus padres mantenían a los tres hijos alejados de los peligros de la calle; mas no de las trampas del deseo, cuyas feroces batallas se libran en el interior de cada uno.

—Tienes que ir a misa.

Exigió Helena a su hijo, que yacía en el pequeño sofá donde todos se reunían a ver televisión. Para esa época, la familia de Helena pasaba por un mal momento económico, a pesar de que en la ciudad circulaban grandes cantidades de dinero, la mayor parte producto del comercio de drogas y otras prácticas delictivas que se enraizaban en la vida de una provincia que de a poco, se empezaba a configurar como un importante centro urbano y financiero.

—¡No, no quiero ir! —respondió Antonio categóricamente.

—¿Por qué no? —le dijo ella ofuscada.

—Así como lo escuchas mamá, a partir de hoy no profeso más la fe católica.

Antonio ya mostraba cierta madurez y criterio desafiantes frente a la añeja forma de pensar de sus padres y de su familia. Durante los últimos años del colegio se había acercado, a través de la lectura, a diversas corrientes filosóficas clásicas y modernas que le hicieron cuestionarse los valores sobre los cuales se fundaba su vida. Dentro de sí, poco a poco, se sentaban las bases de una rebelión interior. El acceso a fuentes del conocimiento le proporcionaba una visión retadora de la realidad, esa que había sido demarcada a través de la educación católica y que aún seguía dominando su inconsciente y permeando gran parte de su existencia.

Su madre le refutó nuevamente, pues en su cabeza no había espacio para las palabras de Antonio, era una verdadera afrenta a sus principios y los de su familia. Hubo silencio de ambos lados. Helena lo observó desafiante y molesta. Él guardó silencio y caviló por unos segundos.

—Está bien mamá, iré a la iglesia.

El cambio repentino de parecer no era más que un mero cálculo estratégico. Era la oportunidad de salir a algún lado sin la necesidad de justificarse y dar explicaciones sobre su destino. En su cabeza tenía a un hombre con el que se había topado días antes en un centro comercial y el cual le había dejado su teléfono. En ese encuentro, el temor de ser descubierto y los nervios, no posibilitaron mayor interacción entre ambos en ese momento, pero Antonio mantenía la certeza de un encuentro inexorable que le abriese nuevos apetitos, diferentes a la fallida relación con su amor platónico del colegio.

En el teléfono público de la esquina se pactó la cita. La voz grave y áspera de su interlocutor le generaba un hervor interno que pronto iba a estallar. Era curiosidad entremezclada con excitación y miedo. Al mismo tiempo, su mente disparaba todo tipo de juicios y pensamientos que no lograba procesar, pero el deseo ya instalado y dominante en su interior, le imponía el inicio de una vida sexual que ya no podía doblegar a través de los endebles caminos de la represión.

Antonio descendió por las empinadas calles rodeadas de grandes casas de estilo colonial y clásico en cuyas fachadas se empezaba a dibujar, ineluctable, el paso del tiempo. Algunas moradas en forma de castillos le imprimían un aire imperial al sector.

La tarde caía, y las sombras misteriosas de la noche empezaban a extender sus velos sobre las fachadas de las viviendas. Un aire lúgubre y pesado dominaba el horizonte, envolviendo su corazón en un halo nostálgico y enigmático.

Caminó hasta la Catedral Metropolitana, subió unas cuantas escaleras e ingresó por la imponente puerta a través de la cual se divisaba una fila de enormes columnas de ladrillo. En frente se erguía la cúpula del altar que contenía la figura de Jesucristo en la cruz, bajo la birriosa iluminación de unas enormes lámparas en forma de candelabros. Observó tímido a su alrededor y se percató de algunas miradas escrutadoras y otras, que reparaban en él con curiosidad. Cerró los ojos como una forma de escapar de las insistentes miradas; intentó meditar un poco en lo que se disponía a hacer. Era inevitable sentir culpa, al tiempo que la ansiedad lo carcomía por dentro. Por sus piernas corría un cosquilleo fulgurante que lo hacía flaquear y sudar copiosamente. El reloj no avanzaba, cada segundo parecía una eternidad y, de pronto, ya no se pudo mantener quieto. La sangre fluía a toda velocidad por su cuerpo, sus pensamientos eran cada vez más continuos y agudos. «¿Qué voy a hacer?», se preguntó; sintió pánico, miró al frente y al fondo se encontró con la escuálida figura de Jesucristo con su cruz a cuestas. Cerró los ojos nuevamente y respiró profundo. Después de unos segundos, dio la vuelta lentamente como dispuesto a abandonar su encuentro y cuando su mirada se perdía en la nada y daba un paso al frente, sintió esos gruesos dedos hundiéndose en su brazo, y a un mismo tiempo, experimentó una punzada que le recorría la espalda, expandiendo todo tipo de vibraciones en su cuerpo, como una melodía de la pasión. Giró su cabeza y vio ese rostro de ojos verdes penetrantes, intrigantes, curiosos, examinadores. Antonio supo en ese momento que abandonaba su ingenuidad, esa que lo había acompañado por diecisiete años.

Roberto le habló con una voz dulce y sonora, y su sonrisa apaciguó los ánimos de un exaltado Antonio que apenas podía mantener bajo cierto control toda una amalgama de emociones que le contrariaban. La expresión sosegada del hombre, de unos treinta y cinco años, tuvo un efecto hipnótico sobre una mente virgen en el terreno de las pasiones. Sus expresiones eran finas y sobrias, el fiel reflejo de alguien que ha trasegado por el mundo, no con la vida a cuestas, sino de su mano. Caminaron juntos desde la plazoleta de la catedral hasta el parque. En las escalinatas del atrio, estaban diseminadas algunas parejas de hombres, que fijaban su punto de encuentro allí en ese lugar sagrado, que los invitaba a la profanación.

La ciudad se le presentaba distinta a Antonio, como si la estuviese viendo con otros ojos, lejos del agobiante mandato de sus padres. Esas calles adoquinadas que ya había recorrido en sus años infantiles con su papá le inspiraban nuevas sensaciones.

Anduvieron alrededor del parque mientras rompían el hielo hablando de asuntos triviales. Antonio observó el lugar y notó como parecía un sitio de otro tiempo. Sus habitantes, esos seres enigmáticos y melancólicos, lucían como traídos de otro siglo. Borrachos, putas, travestis, maricas, viejos y desempleados, deambulaban a la vista de toda una ciudad sin el más mínimo atisbo de pudor, nada le debían a la ciudad y, en cambio, la ciudad les debía todo, pero paradójicamente eran ellos los desarraigados y miserables.

Los chorritos de la fuente de agua formaban pequeñas incandescencias en las que Antonio quedaba absorto, recordando los tiempos en que su padre los llevaba allí a montar en caballo y a comer helado los domingos, les compraba globos y disfrutaban de la famosa retreta. Su padre, ese hombre tosco que apenas mostró su ternura y sensibilidad en el ocaso de su vida, había sido para Antonio fuente de amores y odios, sentimientos encontrados que surcarían su corazón y delimitarían el terreno de sus afectos, sin que él mismo lo llegase a comprender.

—¿En qué piensas?

—En nada, solo recordaba las veces que de niño venía aquí.

—¡Ja! a mí también me traían de niño y me compraban globos.

—¿En serio?

—Sí, fue hace mucho tiempo. Recuerdo que había una fuente luminosa que encendían en la noche.

Roberto se acercó y puso su mano en el hombro de Antonio, frotándolo suavemente. Antonio se incomodó, pero se quedó inmóvil, deseaba no ser observado por nadie alrededor, sin darse cuenta de que la mayor implacabilidad provenía de sí mismo. Avanzaron hacia el *boulevard* mientras decidían su destino inmediato. Los guayacanes florecidos con un tapete de hojas amarillo alrededor eran el marco de una conversación entre dos desconocidos, que, tras sus máscaras, ocultaban sus más recónditos deseos, obsesiones y entreveros. Transitaron por zonas ya decadentes, donde se dejaban ver personajes extraños y de bajo nivel social, que hacían de esos lugares sus trincheras ante la exclusión social, habitantes bizarros y surrealistas de una villa mojigata.

Intercambiaron pensamientos e impresiones. Sus miradas se cruzaron, se esculcaron los rostros con insistencia, y el deseo se apoderó de sus ojos, ambos corazones latieron fuertemente como si se escucharan el uno al otro, y acordaron consumar su cita en un motel cercano. Su deseo de perderse en los brazos de aquel hombre lo doblegó.

Cuando ingresó a través del sombrío pasillo, no comprendió bien cómo debía actuar, se limitó a seguir los pasos del hombre adulto, quien pagó por adelantado el sitio del encuentro. Los ojos de la mujer que recibió el dinero se fijaron por un segundo en su rostro y notaron su aire dubitativo. Ambos siguieron por un escueto corredor hasta una pequeña puerta con vitrales, que Roberto enseguida abrió. Un olor a naftalina y un aire húmedo circundaban ese oscuro espacio, apenas iluminado por una pequeña lámpara de base dorada en una mesa de noche de madera envejecida. En medio, una cama cubierta por un cubrelecho rojo de florecitas coloridas donde reposaban un par de toallas blancas.

No hubo tiempo para titubeos ni palabras, ambos se miraron fijamente y las manos por sí solas se empezaron a deslizar por entre los torsos. El hervor del momento cegó cualquier destello de conciencia en un alma que daba sus primeros pasos en los recónditos callejones de la vida homosexual. Antonio sintió las manos calientes del hombre sobre su espalda y supo que no podía escapar de ese momento, que simplemente debía perderse entre esa infinidad de nuevos estímulos que le llegaban por primera vez, como un universo desconocido.

Los cuerpos se entrelazaron como si fuese uno solo, entre cientos de tibias humedades que de la boca se esparcían al resto del cuerpo, generando una sinfonía de emociones. Antonio respiraba agitadamente, esos labios carnosos, rodeados de una barba al rape lo llevaron al delirio en cuestión de segundos; miles de sabores y olores despertaron en su conciencia, cada sensación era una chispa de vida que resplandecía en su alma.

Después de esos primeros minutos que se le pasaron volando, Antonio abrió sus ojos y pudo palpar el rostro de ese hombre tan cerca de él y con esa expresión de excitación intensa. Un sentimiento de incertidumbre empezó a invadir su mente, la duda emergió de manera inoportuna, luego la culpa y, por último, el miedo. Sus voces profundas le susurraron y de a poco lo fueron abstrayendo de su goce.

A pesar de ese cúmulo de excitaciones placenteras que le proporcionaban un intenso disfrute, quiso correr hacia el regazo de su hogar y seguir siendo el inocente e ingenuo chico que había sido hasta ese momento, pensó en que lo mejor era postergar el encuentro, pero no sabía qué hacer, entró en una momentánea confusión. Su conciencia estaba obnubilada en medio del frenesí del fuego corporal.

Roberto percibió su tensión y abrió los ojos, casi al tiempo que seguía jadeando por la fogosidad del momento, se reincorporó y observó a Antonio.

——Estás bien, ¿te pasa algo? —preguntó inquieto.

——Estoy bien... —asintió Antonio—. Solo que me siento un poco extraño.

——Tranquilo, no pasa nada. Todo está bien, relájate.

Roberto lo tomó suavemente por el cuello y lo acercó hacia sí con ternura. Lo abrazó y así estuvieron por unos segundos en las tinieblas del diminuto cuarto. Bajó lentamente su mano y percibió que Antonio aún estaba excitado a pesar de su temor, así que prosiguió el acto, esta vez de una manera más pausada.

Intercambiaron caricias y besos hasta que ambos quedaron casi desnudos. Roberto se puso en cuclillas y le bajó los interiores y, lentamente, empezó a succionar su órgano sexual. Lamió con delicadeza la savia que emanaba su miembro y la saboreó como el elixir de la vida. Luego lo introdujo en su boca poco a poco, hasta que sus labios lo succionaron por completo. Se puso de pie y bajó sus calzoncillos; ambos quedaron completamente desnudos, inclinándose hacia la cama hasta quedar tendidos. Dieron vueltas como dos guerreros del ejército de Tebas; allí estaban el heniochus y su efebo entregado a las prácticas sexuales, trasegando las praderas de la lujuria.

El primero tomó a su amante por el torso y lo puso de espaldas. Lo montó mientras abría el empaque del preservativo. Por la cabeza de Antonio pasaron un sinnúmero de imágenes de su vida, su familia, sus amigos y de Alex, como si lo que se acercaba fuese la muerte. Sintió primero unos dedos llenos de saliva que se introducían por sus honduras y luego, que algo similar a un tótem vulneraba sus barreras corporales y lo rompía de a poco por detrás. Rápidamente el placer se convirtió en dolor y la tensión se apoderó de su cuerpo. Un tren atravesó sus entrañas y de pronto se vio sometido a una máquina de meneos impetuosos que le arrebataban de vez en cuando algún gemido mortífero. De repente, una exhalación que se interrumpía por unos cortos quejidos y luego un silencio que lo absorbió todo. Sintió cómo el cuerpo de Roberto cayó sobre su espalda y cómo dentro de su pecho latía un corazón a toda marcha como si se fuese a reventar.

La decepción hizo mella en el espíritu de Antonio, quien con un suave movimiento dio la señal para retirarse de la cama. Se puso de pie, y Roberto lo tomó del brazo con una mirada pudorosa.

—¿Te quieres venir?

—No... Así está bien...

——¿Seguro?

——Sí, seguro.

Quiso proseguir su camino al baño para ducharse, y nuevamente el brazo de Roberto lo atrajo hacia su humanidad. Acercó su rostro, le acarició la mejilla y luego le dio un beso.

——Me encantó estar contigo.

Antonio sonrió taimado y se desprendió de aquellos brazos con una sensación de haber sido engañado. Algunos reproches llegaron a su conciencia. En su garganta quedaba un nudo y en sus adentros un vacío, algo que no podía entender. Por alguna razón la imagen de Alex llegó a su mente y llenó de mayor confusión su cabeza hecha trizas.

Tomaron una bebida en las afueras del motel y conversaron sobre cualquier cosa, con tal de no permitir que el silencio se interpusiera entre ambos. Pasados unos minutos, se despidieron con el compromiso de un nuevo encuentro, y, enseguida, Antonio tomó un taxi. Cuando llegó a casa, su madre le ofreció comida, pero él ni siquiera fue capaz de mirarla a los ojos.

-Gracias, mamá. Comí algo a la salida de la iglesia.

Mentir se configuró en una fórmula fácil para salirle al paso a las preguntas e inquietudes de su familia sobre sus nuevas andanzas. No solo mentía a los demás, se mentía a sí mismo de manera continua, haciendo de esos engaños una coraza impenetrable contra su deseo.

Después de darle vueltas al asunto por un par de semanas, decidió que lo mejor era olvidarse de Roberto, que se estaba apresurando y que debía tomárselo con serenidad. El paso de los días le infundió tranquilidad y sosiego a un alma que se resguardaba ingenuamente de los inevitables avatares de la existencia. No tenía ni la menor idea de que su aparente calma, no era más que la puesta en escena de sus mecanismos de censura.

Llegó el día en que Antonio fue llamado a prestar el servicio militar. Su plan de vida para los próximos años daba un viraje inesperado para él y su familia. Hasta último momento tanto él como sus padres esperaron que la suerte lo acompañara, pero no fue así. Como ya había obtenido su cupo en la universidad tuvo que postergar sus estudios por un año. En un país acostumbrado a un conflicto bélico interminable, jóvenes como Antonio eran necesarios para labores administrativas u operativas, mientras otros, sin estudios y provenientes de las zonas más marginadas de las ciudades eran carne de cañón en una guerra intestina que carcomía gran parte del territorio nacional.

Su madre fue la que más se inquietó con esta nueva situación, e instó a su esposo a que agotara todos los medios posibles para evitar que su hijo tuviese que viajar fuera de la ciudad para tal exabrupto. Según el sorteo realizado le correspondía prestar el servicio militar en Puerto Berrío, un caluroso municipio ubicado a cinco horas de Medellín y lugar de operación de empresas mineras, petroleras y energéticas del país, además, espacio de convergencia de diferentes grupos armados, tanto guerrilleros como paramilitares.

Durante los días que prosiguieron a su notificación, Antonio asumió una especie de negación que consistió en pensar que algún suceso repentino iba a terminar por minar esa misión ruin que el destino le encomendaba. Anheló poder creer en un dios a quién elevar sus plegarias, pero a esas alturas de la vida, su visión del mundo estaba influenciada por cierto nihilismo que lo mantenía alejado de cualquier práctica religiosa.

En su mente aparecieron ciertos pensamientos de corte sádico, en los que pensaba que sería asesinado de múltiples formas o que sufriría vejaciones de todo tipo a manos de sanguinarios soldados o combatientes de algún grupo insurgente. Estos pensamientos aparecían de forma repetitiva en los momentos menos deseados, pero a pesar de su impertinencia, Antonio no era capaz de renunciar a ellos. Esta situación lo puso más sensible y nervioso de lo habitual, temiendo perder el control de sí mismo y de sucumbir sin ni siquiera afrontar el primer día de servicio. Pero en aquel sufrimiento se dibujaba un goce perverso incapaz de ser reconocido por su propietario. En ese momento empezó a sospechar de su proclividad al disfrute de ser sometido y ocupar el lugar de víctima en el mundo, pero prefirió negarlo y continuar usando el miedo como puente entre sus partes en conflicto.

Como su familia no poseía los recursos económicos suficientes, todos los empeños de su padre por evitarle tan penoso cometido fueron inútiles. Antonio empezó a entender en medio de una angustia creciente que era imposible resistirse a lo inevitable y que debía preparase para una experiencia que lo cambiaría de tajo y que pondría a prueba un carácter aún endeble.

La víspera de su enrolamiento no logró conciliar el sueño. El desasosiego creciente que había sentido en los días previos se transformaba en una narcolepsia que envolvía todo su ser. Las ganas de huir y esconderse habían desaparecido y se convertían en un aturdimiento que paralizaba su corazón. Su madre lo sabía y al igual que Antonio pasó en vela toda la noche, sufriendo por no poder evitarle tal situación, tragándose las palabras que no se atrevía a expresarle, atormentándose con un cúmulo de dudas y temiendo por el destino que debía enfrentar su hijo, al que no consideraba con las condiciones para afrontar un entorno tan adverso como cruel, más por su orientación sexual que por sus verdaderas cualidades anatómicas y mentales.

A las cinco de la mañana, su madre ya le había servido un abundante y exquisito desayuno a manera de un banquete final que prepara al viajero para un arduo trayecto, o peor aún, para un periplo sin retorno. Antonio lo disfrutó, sabiendo que tal vez sería lo mejor que pasaría por su paladar en los próximos doce meses. Tomó una ducha, se vistió y empacó unos pocos elementos de aseo e indumentaria, tal y como indicaba el protocolo militar para los reclutas bachilleres. Al despedirse de sus padres, su madre rompió en llanto. Antonio dio la vuelta con un gesto de desconsuelo y atravesó la puerta metálica color bronce y caminó hacia el frente, hacia ese nuevo terreno que le esperaba lleno de sorpresas. Giró su cabeza para observar su casa por última vez y vio las escuálidas figuras de su mamá y su papá abrazados en un sentimiento de profunda aflicción. Al voltear en la esquina solo quedaban él y su destino, lleno de incertidumbres, todo ello, bajo el naciente sol de una mañana de enero.

Durante el trayecto de seis horas en un convoy militar, Antonio empezó a afrontar las penurias y fatigas propias de su nueva realidad. El calor intenso durante el recorrido y el sofoco en el interior del vehículo le hicieron sentirse casi desmayado, pero resistió y no demostró sus debilidades frente a los demás jóvenes que le acompañaban. Trató de iniciar una conversación con algunos de ellos, pero en cambio, recibió respuestas triviales y expresiones con signos de indiferencia. Optó por refugiarse en sus pensamientos, en los que aparecía una y otra vez Alex, pero esta vez el entorno de aquellas fantasías se nutría de su nueva realidad, por lo que imaginaba a su amor platónico vestido con trajes militares y en situaciones donde ambos se veían enfrentados y por alguna circunstancia se veía sometido por él, con algo de violencia y humillación, para luego terminar amándose al aire libre. De pronto, sintió un fuego recorrer sus entrañas y seguidamente un malestar, algo que aparecía de manera imprevisible y que para el mismo Antonio era difícil explicar. Apoyó su cabeza en uno de los laterales del camión jaula que los transportaba y dormitó intermitentemente durante un par de horas, tratando casi inútilmente de aquietar su mente.

El ambiente en el vehículo era tosco y marcado por una extrema desconfianza. Ninguno se hablaba y Antonio lograba leer en esos rostros una frialdad extrema. Se percató de que muchos de esos adolescentes provenían de zonas deprimidas de la ciudad y que el servicio militar se convertía en un boleto de lotería para salir de sus abrumadoras realidades, acentuadas por la falta de oportunidades y un conflicto permanente que se manifestaba de forma asidua en las zonas periféricas, donde en su mayoría, eran presionados e incluso reclutados por bandas dedicadas al microtráfico o por grupos insurgentes. Ya en cercanías de Puerto Berrío, un grupo de jóvenes se quitó sus camisas, algunos mostraron sus espaldas tatuadas y otros posaron con aire dominante como queriendo mostrar a los demás su fuerza y rudeza. Antonio se aferró a su morral que era lo único que traía y esperó con ansias descender del vehículo para ponerse cómodo, sin saber que esa palabra le sería esquiva por el resto de su estancia.

Una vez en la brigada fueron divididos en contingentes, cada uno de los cuales ocupó un espacio dentro de las deterioradas edificaciones del campamento militar. El entrenamiento físico iniciaba al día siguiente a las siete de la mañana, por lo que era necesario estar en pie a las cinco y media de la madrugada. El grupo en el que fue ubicado Antonio descargó sus pertenencias en un amplio salón de baldosas rojas con camarotes amontonados unos junto a otros, donde solo había dos ventiladores para más de cincuenta soldados. Minutos después, siguiendo órdenes, salieron de a uno a los patios del regimiento e hicieron dos largas filas en las que quedaban todos mirándose de frente. Acto seguido se presentó un capitán con dos mujeres jóvenes y atractivas que vestían unas largas batas médicas. Les ordenaron a todos desnudarse, Antonio sintió una gran vergüenza, pero no hubo tiempo de nada. En un abrir y cerrar de ojos todos tenían sus penes colgando y expuestos a la intemperie. Antonio nunca bajó la mirada, pero pudo ver de refilón algunos jóvenes desnudos con sus partes al aire. A pesar de lo embarazoso de la situación mantuvo la calma y fingió una postura de despreocupación. Cada una de ellas pasó por una fila palpando los testículos de los jóvenes para detectar si tenían alguna protuberancia irregular, lo cual era un claro signo de una condición llamada varicocele, que los eximía de realizar entrenamientos físicos que implicaran un gran esfuerzo. Mientras la mano femenina con un guante de látex inspeccionaba los genitales de Antonio, este lograba percibir a algunos de sus compañeros sonreír irónicamente por la situación y mirarse entre ellos con un tímido goce dibujado en sus rostros.

Respiró profundamente, pues se empezaba a sentir excitado y contó los segundos para que pasara rápido aquel procedimiento incómodo.

Un sargento de aspecto montaraz se hizo al mando del contingente. El primer día de entrenamiento los soldados fueron llegando en pequeños grupos a la formación con sus cabezas recién rapadas expuestas ante el candente sol que asomaba sus ráfagas de fuego desde tempranas horas. Algunos llegaron uno o dos minutos tarde para deleite del sargento Patiño, quien los recibió a punta de golpes en el trasero y en las piernas, hasta que algunos de ellos se doblegaban por la tunda, después debían iniciar una rutina de veinte flexiones de pecho por cada minuto de retraso. Al presenciar tal escena, Antonio sintió una amalgama de sentimientos entre los que destacaban el miedo y la excitación al ver un hombre rudo con uniforme militar, sometiendo a jóvenes adolescentes a su antojo. Rápidamente formaron, repitieron algunas arengas y se dispusieron a escuchar las indicaciones del suboficial.

——¡Nada de llegadas tarde, quienes en adelante lleguen retrasados, recibirán su merecido! ¡quiero hombres fuertes y valientes aquí! —proclamó el sargento Patiño——. ¡No quiero debiluchos ni mariquitas en mi formación!

Antonio sintió como si un montón de cuchillos afilados atravesaran su cuerpo con las puntas al rojo vivo. Respiró profundamente porque sintió que se quedaba sin aire.

——¿Hay alguna dama aquí? —preguntó jocosamente el sargento.

Todos rieron con socarronería, incluido Antonio, quien lo hizo para no evidenciar su molestia ante el comentario que no le hacía ninguna gracia y que, por el contrario, lo puso a sudar profusamente.

Con el transcurrir de los días se fue acostumbrando a las pesadas rutinas de entrenamiento, a los castigos y a las bromas pesadas. En las noches se entretenía leyendo algunas novelas disponibles en la biblioteca del regimiento militar y que lo acompañaban en las solitarias y largas horas en que no había mucho más para hacer que lustrar las botas y organizar la ropa de entrenamiento, además de llenarse de valor para afrontar el día siguiente. Con una pequeña lámpara y esforzando sus ojos, se introdujo en historias que lo transportaron a otros escenarios y aliviaron la pesadumbre de una cotidianidad que detestaba. Algunas de esas noches, lloró en silencio, mordiendo su lengua para no ser percibido por sus compañeros. La melancolía lo avasalló y abrió un hueco cada vez más profundo en su abatido corazón. El rostro de su amor lejano se dibujaba en esas noches a manera de refugio, casi convirtiéndose en una obsesión sin sentido. Lo veía en las facciones de algunos de sus compañeros, recordaba su olor a colonia de Gaultiere, el llano dorso de sus manos y sus refulgentes labios sabor anís. A medida que transcurrían los días entre extenuantes jornadas de entrenamiento y aburridas clases jurisprudenciales, el recuerdo de Alex brotaba como una sombra remota que empezaba a quedar anclada en un rincón de su mente donde se guardaba lo más valioso de su vida.

En una de aquellas noches el sueño venció rápidamente a Antonio que apagó su pequeña lámpara y se echó a dormir. Una oscura penumbra se apoderó del campamento, los grillos elevaron sus cantos en las entrañas de un silencio penetrante que solo dejaba oír los árboles mecidos por un delicado viento. Todos dormían profundamente en sus camarotes. De pronto, un leve movimiento en su litera lo despertó, y se asustó al percibir cómo, de la nada, una figura se incorporaba a su lado. Por un momento pensó que era una de esas pesadillas en donde una sombra emerge de forma siniestra y empieza a aprisionar el pecho. Pero aquella situación no era producto de su actividad onírica, sino más bien la evidencia de un acto inesperado. Joel su compañero de camarote bajó y se posó a su lado sin ninguna explicación. Antonio, preso del terror trató de girarse por completo, pero este lo sujetó fuertemente y le susurró al oído.

—Quédate quieto y en silencio.

Joel era uno de los más corpulentos del contingente. Su aspecto recio y viril inspiraba a todos respeto. Era de los que lideraban los ejercicios de entrenamiento asignados al grupo y no perdía oportunidad de demostrar su brío en cada prueba asignada. Se ganó en pocos días la confianza de sus superiores por lo que despertaba cierto recelo entre algunos de sus compañeros.

—¿Qué pasa? —pregunto Antonio en voz muy baja.

—Nada, solo quédate quieto y no hables —susurró.

Antonio yacía sobre su lado izquierdo, sintiendo cómo esa enorme y callosa mano lo sujetaba desde el abdomen, mientras con la otra se agitaba su miembro.

—Qué rica piel tienes —murmuró Joel, mientras le besaba la espalda.

—Te van a descubrir —replicó Antonio, a quien la extraña situación le produjo un pánico paralizante.

Joel subió su mano y le tapó suavemente la boca por unos instantes. Este, impávido, renunció a oponer cualquier resistencia. Joel, con suavidad, le besaba y mordía el cuello y la parte alta de la espalda, mientras Antonio sentía esas humedades inesperadas, en un acto que no repudiaba, pero que se le asemejaba a una violación. Luego, la mano que le sellaba la boca se desplazó hacia sus piernas para acariciarlas descaradamente. Joel respiraba silente, para no generar algún ruido sospechoso, mientras todos los demás dormían profundamente. Antonio seguía petrificado sin entender qué pasaba, sintiéndose como un simple objeto momentáneo a la orden de los deseos reprimidos de su compañero, a quien hasta ese momento había considerado uno de esos bravucones engreídos que buscaban reconocimiento a cualquier precio.

De repente, sintió que el brazo de Joel lo sujetaba con mayor brusquedad, casi ahogándolo, mientras la cadencia de su otro brazo aumentaba súbitamente. Antonio sintió las gotas de sudor en su espalda y la agitada respiración de su profanador como un toro bravío a punto de sucumbir. Acto seguido, un quejido sostenido penetró en su oído derecho. Después una quietud y un silencio incómodo. Joel se sentó cuidadosamente en el borde del colchón y con su camiseta limpió la sabana del viscoso líquido corporal que allí derramó y se acercó cuidadosamente al oído de Antonio, quien permanecía estático.

—No se lo vayas a contar a nadie, si no quieres tener problemas.

Antonio recibió la advertencia sumido en una impotencia que lo sobrepasaba, mientras escuchaba a Joel subir la escalera del camarote y echarse a dormir como si nada hubiese pasado. El canto de los grillos llegó nuevamente a los oídos de Antonio en medio de la noche canicular al tiempo que se esforzó en vano por conciliar el sueño. Minutos después, los ronquidos de Joel se alzaban con fuerza, rompiendo la aparente calma de la noche a manera de un bramido infernal que terminó por espantar cualquier atisbo de sueño en Antonio.

Rápidamente amaneció y los estragos del desvelo hicieron mella en su cuerpo y en su mente. Tomó una taza rebosada de un café oscuro y de mala calidad y se presentó a la formación para recibir instrucciones del capitán Patiño. Según estas, debían llegar a la zona de cuenca de una quebrada cercana y allí, ubicarse en grupos de cinco y esperar las disposiciones del teniente Cornejo. Esa mañana húmeda y calurosa, Antonio se preparó para una ardua jornada, estiró su cuerpo e hizo esfuerzos por poner su mente en blanco y no pensar en lo sucedido la noche anterior; apenas podía mirar a Joel a los ojos, y sin saber por qué se sentía culpable, como si aquella situación hubiese sido propiciada por él. Optó por imaginar que todo aquello había sido un sueño.

Una vez todos llegaron al lugar señalado, cada uno debió atarse ambos pies con un cordón y avanzar hacia el cerro boscoso en busca de unos conos de señalización de diferentes colores ubicados estratégicamente, de modo que no estuvieran al alcance de la vista, para luego bajarlos en grupos hasta el punto de inicio. El primer equipo en terminar aquella tarea recibiría medio día de descanso mientras que el último, tendría que trabajar media jornada adicional al día siguiente.

Apenas iniciaba la mañana y ya la temperatura se acercaba a los treinta grados centígrados y en el cielo azul no se observaba una sola nube. Junto a sus compañeros inició la escalada a grandes saltos, poniendo todo el ímpetu que le fue posible, sintiendo que no solo sus pies estaban atados sino también su corazón y su espíritu. Su cuerpo era delgado y flexible por lo que se le facilitó la llegada a la parte alta del cerro. Las gotas de sudor cegaban sus ojos, pero su determinación compensaba la debilidad que sentía. Una vez ubicados en la parte alta del cerro, desataron sus piernas y emprendieron la búsqueda apresurada de los conos color verde que correspondían a su equipo.

Antonio encontró tres de los diez conos hasta que el agotamiento lo venció. Entre todos lograron reunir nueve de las piezas las cuales resguardaron junto a un árbol. Sus compañeros notaron su cansancio y le pidieron que se quedara allí cuidando el botín, mientras ellos buscaban el cono faltante.

Pasados cinco minutos el sueño traicionó su vigilancia y su cabeza se inclinó hacia su hombro derecho, quedando sumido en un sueño intempestivo. El grupo de Joel pasó cerca y todos se quedaron observándolo mientras se percataba de la rapidez con que estaban cumpliendo la misión encomendada.

——Miren a ese, se quedó dormido.

——¿Ese es el que dicen que es marica? —preguntó Joel al tiempo que los demás se reían.

¡Escondámosles tres de esos conos para que no ganen!

Un par de minutos después Antonio despertó y al ver los objetos faltantes entró en pánico, pensó que era una broma pesada de sus compañeros de equipo, pero en el instante en que estos llegaron sus expresiones de reproche y furia le confirmaron que no era así. No lograron encontrar los tres faltantes, pues Joel y sus colegas los habían arrojado a una cañada de difícil acceso.

Todos fueron presa de la desesperación y al ver la imposibilidad de terminar su tarea la decepción se apoderó de sus rostros. Por primera vez en sus dieciocho años de existencia Antonio se preguntó por la muerte, sintió ganas de perecer, de caer accidentalmente y rodar por la montaña hasta morir. Tuvo que soportar las miradas inquisidoras de sus compañeros y las burlas de Joel y sus amigos.

El descenso a la cuenca fue un calvario para Antonio, en su cabeza se entremezclaba el asalto de Joel la noche anterior y la artimaña indeseable que le habían aplicado. En su interior sabía que el mismo Joel había sido el artífice de tal patraña. Lo detestó con todas sus fuerzas, pero por alguna razón lo asociaba con Alex y eso le generaba tal confusión, que a veces no le quedaba claro qué era lo que sentía por él.

Ya en la quebrada, el teniente Cornejo anunció el grupo ganador en el cual se encontraba Joel. Este sonreía a rabiar y abrazaba a sus compañeros como si se tratara de una gesta heroica. Antonio y sus compañeros permanecían cabizbajos y solo atinaron a levantar sus cabezas para recibir la instrucción de que al día siguiente tendrían que realizar labores de guardia en el campamento hasta las nueve de la noche. Algunas miradas llenas de recriminación se dirigieron a Antonio y este solo mantuvo su mirada gacha conteniendo las lágrimas a punto de salir.

Finalizada la improvisada ceremonia de premiación se les permitió disfrutar del lugar por una hora, así que rápidamente los más osados se quitaron sus ropas y completamente desnudos se lanzaron al agua en un escándalo similar a una jauría lista para la caza. Como de costumbre, allí estaba Joel liderando la puesta en escena de ese espectáculo. Algunos más tímidos se lanzaron en interiores y fueron objeto de burla de los primeros, quienes comentaban:

—La tienen pequeña y por eso no se desnudan.

A Antonio lo que realmente le preocupaba era tener una erección espontánea al ver a algunos de sus compañeros desnudos, así que se sumó al grupo de quienes se arrojaron al agua en interiores. Ya en la quebrada, algunos empezaron con los juegos de manos sumergiendo a quienes estuvieran desprevenidos, por algunos segundos. Antonio sintió como varias manos se posaron repentinamente alrededor de su nuca y sobre sus hombros, luego alguien con sus palmas lo presionó en la cabeza y lo introdujo con una fuerza descomunal en el agua, la cual rápidamente se introdujo por su boca, nariz y oídos. Forcejeó lo que más pudo, pero lo tenían tan bien sujetado que prácticamente quedó inmovilizado. Al no tener tiempo de retener aire en la superficie se sintió ahogado rápidamente. Durante aquellos segundos que parecieron una eternidad recordó la mirada de Alex durante el partido de fútbol, luego el beso, pensó en su madre y por último en Joel de quien sospechó, era uno de aquellos que lo estaba sujetando. Todo se empezó a apagar en su interior, hasta que se sintió como un feto dentro del vientre materno rodeado por el líquido amniótico, esa imagen llegó a su mente al tiempo que sintió un ensordecedor silencio y una oscuridad absoluta. De pronto, todo se iluminó y el ruido volvió a su conciencia, sintió que la palma de una mano se estrellaba fuertemente contra su mejilla y bocanadas de aire ingresaban y salían de su cavidad torácica. Alrededor, sus compañeros se reían desproporcionadamente, mientras otros simplemente observaban a lo lejos, esperando ser los próximos en ser sumergidos.

Antonio sintió un deseo implacable de vengarse, un odio repulsivo se apoderó de su corazón. Fantaseó sometiendo por la fuerza a sus compañeros más mordaces, especialmente a Joel, pero todo se quedaba tan solo en intenciones y fantasías cuya única función era proveerle pequeñas dosis de alivio en medio de una espinosa realidad que lo desbordaba.

Al tercer mes, el ambiente en la brigada era tranquilo y con un aire festivo. En una semana terminaba el periodo de entrenamientos y todos los jóvenes soldados serían distribuidos en labores administrativas, de vigilancia y apoyo en diferentes puntos de la localidad. Tareas rutinarias en las que los bachilleres tendrían mayor libertad y quedarían eximidos de los agobiantes entrenamientos.

El periodo de lluvias había llegado con toda su fuerza, generando graves inundaciones en el municipio y obligando al ejército a colaborar en campañas de ayuda humanitaria para los damnificados del pueblo y sus zonas aledañas. Las salidas en brigadas a las áreas urbanas le gustaban mucho a la mayor parte de los soldados bachilleres y también a los suboficiales, pues les posibilitaba la visita a cantinas y bares de mala muerte a beber licor y a los prostíbulos; además de toda una serie de asuntos mundanos que representaban una válvula de escape a las monótonas rutinas a las que se veían sometidos diariamente.

Durante una de las campañas permanecieron en el casco urbano en un hotel patrimonial propiedad de la brigada del ejército. El lugar les proveía las comodidades que hasta entonces no habían tenido en las habitaciones del batallón. En el día, los jóvenes realizaban salidas para entregar alimentos, frazadas y medicinas a los damnificados en compañía de miembros de las autoridades locales y algunas organizaciones sociales. Ya en la noche, aprovechaban para irse a presenciar los espectáculos de bailarinas que ofrecían sus servicios sexuales a cambio de una módica suma, accesible hasta para un soldado bachiller. Antonio trataba de escabullirse hábilmente de esos planes anteponiendo todo tipo de excusas.

Un viernes de mayo, luego de una agitada semana de trabajos de ayuda en sectores marginales del puerto, un grupo de soldados entre los que se encontraba Joel arreglaron una salida a uno de los prostíbulos más afamados de la zona.

——¿Vas a ir con nosotros o te vas a volver a enfermar? —preguntó Giovanny, uno de los soldados más cercanos a Joel.

——Sí, yo voy, claro —asintió Antonio que se percató de sus escasas opciones para evadir nuevamente ese plan.

Los demás compañeros que estaban allí en el cuarto del hotel, doblando sus uniformes observaron con mirada inquisidora a Antonio.

——¿A ti si te gustan las mujeres o qué? No pareces muy emocionado.

Todos evitaron cruzarse las miradas.

——¡Claro que me gustan! ¿Por qué te importa tanto?

——Vamos a ver entonces a cuál te comes y a ver si te sacas esa virginidad de una vez por todas.

Nuevamente todos rieron. Antonio se sintió tan disgustado por la continua presión de sus compañeros y las indirectas malintencionadas que no se logró contener.

——Pues sí, me imagino que todos acá son bien hombres ya que se ríen tanto. No vaya a ser que alguno de ustedes sea el que tenga gustos raros y no nos haya contado.

Joel no levantó la cabeza, continuó doblando la ropa sin dar la cara. Antonio pudo sentir su molestia sin verle el rostro. Joel permaneció en silencio por un buen rato. Un sentimiento de culpa se apoderó de Antonio, por cuya mente no había pasado la idea de revelar lo acontecido aquella noche, ni siquiera de dar un indicio. Ante lo inevitable, se preparó para la cita acordada con sus compañeros.

Las luces de neón y la música popular que sonaba por los parlantes del abarrotado lugar terminaron por nublar la mente de un Antonio que permanecía tenso, pues estaba poco familiarizado con ese tipo de antros. De hecho, en un par de ocasiones cuando era niño, su padre lo llevó a las cantinas de un populoso sector donde se reunía con sus amigos y charlaban al son de unos buenos tangos y boleros. Desde entonces, sentía una especie de animadversión por esas covachas subrepticias.

Avanzó nerviosamente junto a sus cinco compañeros en busca de una mesa en aquel lugar llamado sugestivamente "Las Delicias". Uno a uno entraron y caminaron expectantes, buscando una ubicación privilegiada entre las humeantes mesas llenas de hombres sedientos de placer y de algunas mujeres que los acompañaban. Antonio sintió una sensación de ahogo en medio de aquella atmósfera pesada, el humo envolvente de los cigarrillos, el vaho del alquitrán y la escasa ventilación del lugar. Se ubicaron decididamente en una mesa, prestos a disfrutar de una noche de desenfreno.

Por la cabeza de Antonio pasó rápidamente un pensamiento en el que se sintió arrastrado hacia un juicio donde sería expuesto al escarnio público, pero paradójicamente, el ambiente le transmitió una especie de placer pagano. Sin embargo, se llenó de pánico y trató inútilmente de luchar contra ese miedo, cayendo como una bola de nieve de zozobra y espanto. Su pulso se aceleraba con cada paso de los minutos, una gota de sudor frío le recorrió la cabeza hasta llegar a la nariz. Se limpió con la muñeca de la mano, y por primera vez fue consciente de la situación en que se sumergía, sin proponérselo, arrastrado por el temor a ser señalado. Era lo más difícil que enfrentaba hasta ese momento como soldado, incluso más que las penosas pruebas físicas a las que se había visto abocado durante los tres meses de su estancia en el ejército.

Miró a su alrededor y se percató de los rostros de algunos hombres jadeantes de deseo que observaban a las primeras bailarinas que iniciaban el espectáculo de danza con sus cortas polleras, medias veladas de mallas y elevados tacones. Realizaban todo tipo de contorsiones y movimientos sensuales que erotizaban las miradas del aciago público masculino presente. Eran mujeres de todas las edades, desde adolescentes hasta adultas con marcados signos de madurez; cada una con realidades y tragedias que las habían llevado hasta ese indecoroso mundo que, al menos les proveía para sus necesidades más básicas y las de sus hijos.

——¿Cuál te gusta, capo? ——preguntó Nicolás, el mayor del grupo a Joel, con la frialdad de quien está parado frente a una vitrina, seleccionando un artículo de consumo que se desecha una vez usado.

——La flaca con falda roja, amigo. Le daré una buena tunda. Tengo ganas de desbaratar a esa niña.

Los demás asintieron y aprobaron la elección de Joel.

——¡Está muy buena!

——Y tú, Toñito ¿a cuál te vas a catrear?

Antonio sintió como si le hubiesen dictaminado una sentencia de muerte. Una sensación de mareo y un leve temblor empezó a recorrer sus piernas. Se dio cuenta de la mirada desconfiada y dubitativa de algunos de sus compañeros de cuartel.

——No sé aún... quiero ver las otras bailarinas.

——¡Vamos! No seas tan exigente —exclamó Joel.

——La verdad, ninguna me ha llamado la atención todavía.

Se llenó de algo de valor, mientras sus compañeros continuaban seleccionando sus presas para desfogar sus deseos libidinales como si estuviesen eligiendo las mejores reses en una feria de ganado. Antonio miraba para todos lados, azarado, como buscando a alguien que lo rescatara de tan lamentable situación. De pronto, en uno de los extremos del salón, en una mesa, había unos diez hombres de aspecto agreste; algunos llevaban sombreros aguadeños y de caña flecha. Entre ellos, le pareció ver el rostro de Alex. Los pocos nervios que lo mantenían en pie terminaron por desplomarse y casi colapsó. Se repuso rápidamente sin que sus compañeros lo notaran. Miró nuevamente, irguiendo la cabeza como un pisco y tratando de enfocar con su mirada al joven que se le asemejaba a Alex, y estuvo casi seguro de que era él. Su imagen vivaz en esa mesa le produjo una excitación instantánea, una envión de adrenalina con el que pensó podría encarar el objetivo de irse a la cama con una de las prostitutas.

Joel y Nicolás fueron los primeros en pasar a las habitaciones. Antonio miró nuevamente hacia la mesa, buscando que su mirada se cruzara con la de Alex como si en algún remoto lugar de sí, contemplara la posibilidad de que él se acercara y le ofreciera una mejor alternativa a su inminente desgracia.

——Toñito, es tu turno ¿con cuál te vas? ——azuzó uno de los compañeros—. Es ya o ya, pues.

Posó su mirada en una de las bailarinas, una mujer de unos treinta años, de anchas caderas y protuberantes senos, cuyo rostro era una mescolanza de sutil fiereza y delicada hostilidad.

——Me voy con la veterana —al decirlo, se sintió como poseído por el espíritu de un paladín.

——¡Esoooo! —celebraron los dos compañeros que aún los acompañaban en la mesa. Hubo brindis y sonrisas.

Uno de ellos hizo una seña y la mujer se acercó. Tomó de la mano a Antonio y le lanzó una mirada cómplice y seductora. Lo condujo por un estrecho pasillo hacia unas escaleras que llevaban a las habitaciones del segundo piso. Durante el corto trayecto, Antonio palpó un olor particular en el sitio, un aroma a pecado, emanación aguda que le generaba repulsión y cierto hastío: eran los aromas del sexo, entremezclados con olores del cuerpo y la humedad del lugar.

——¿Qué quieres amor? —preguntó la exuberante mujer, cuyo nombre era Adoración.

——Por ahora, solo tocar y besar —respondió él, inocente y asustadizo, tratando de impostar un poco su voz, como si con ello invocara una dosis de masculinidad. Adoración, cuyo rostro reflejaba las marcas de un trabajo hostil y una vida de dificultades, lo miró con ternura y conmiseración. Antonio se sonrojó.

——Ven, bebé, déjate llevar —expresó ella con voz suave.

Los gruesos labios de la mujer, recubiertos con una espesa capa brillosa cubrieron los de Antonio, tomándolo por sorpresa. Este, como guiado por el espíritu de la inmanencia, los empezó a besar, sintiendo esas lisas carnosidades ajenas a su deseo. Cerró los ojos y pensó en sus compañeros haciendo el amor con las otras chicas; pensó en Alex y los hombres que lo acompañaban, fantaseó en que todos estaban en un cuarto y él podía observar el desarrollo de esa escena sexual, eso lo reconfortó y le dio un impulso. Besó los amargos pezones de la extraña, mientras sus manos agarraban con firmeza las blandas, pero pomposas caderas de esa figura femenina. La sintió gemir y respirar agitadamente, con sus ojos cerrados. Ambos quedaron semidesnudos mientras se acariciaban con fragor. Antonio le pidió detenerse como si clamara piedad por su vida. Ella le besuqueó todo su cuerpo mientras él, impávido, no opuso ninguna resistencia. Sin embargo, unos minutos después, la mujer se daría cuenta de que esa noche no se concretaría su misión. Ella, con mirada displicente, interrogó a Antonio.

—— ¿Te gustan las mujeres?

Él guardó silencio por un momento y, luego, movido por una sensatez ajena, le respondió:

——No, no me gustan.

——Ya lo sabía bebé, desde el momento en que me empezaste a besar.

——No se lo vayas a contar a nadie por favor.

——Pierde cuidado. Puedo recomendarte un lugar a pocas cuadras de aquí, donde hay unos chicos disponibles para ti.

——No, gracias, la verdad no estoy interesado.

——Está bien, lindo, como quieras.

——Toma. Te pago el tiempo y un poco más.

Con ello, Antonio buscaba garantizar el silencio de Adoración, como si le ofreciese una especie de soborno. Temía que el encuentro inconcluso llegara a oídos de sus compañeros. Ella, sin ningún miramiento, aceptó el dinero. Se vistió y salió de la habitación, no sin antes darle una palmada en la nalga y decirle lo guapo que estaba.

Al otro día, en la habitación del hotel, sus compañeros, ansiosos, le preguntaron cómo le había ido en su encuentro la noche anterior.

—— ¡Hola, Toño! Supongo que quedaste descremado después de echarle unos buenos polvos a esa hembra.

——Sí, estuvo bien —respondió Antonio con cierto disgusto.

—— ¿Bien? —preguntó Joel—. Me imagino que le habrás dado por todas partes.

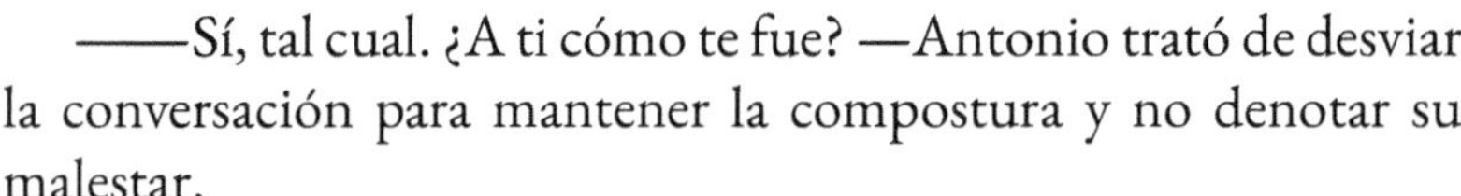

——Sí, tal cual. ¿A ti cómo te fue? —Antonio trató de desviar la conversación para mantener la compostura y no denotar su malestar.

——Yo sí le di por todas partes y le eché como tres polvos —dijo, orgulloso, sacando pecho——. Esta semana que regresemos le preguntaremos a esa yegua qué tal la cabalgaste y que nos cuente si le diste la talla.

Antonio se sintió tan intimidado por esas palabras, que consideró por un momento ir a buscar nuevamente a Adoración y ofrecerle más dinero, pero decidió simplemente ignorar los comentarios de sus compañeros, sobre todo el de Joel, quien no perdía oportunidad para fastidiarlo.

Inmerso en los asuntos administrativos rutinarios en la brigada, se olvidó del tema y se ofreció voluntariamente para cubrir unos cuantos turnos de noche, incluidos fines de semana, de tal modo que tuvo la excusa perfecta para no volver al prostíbulo con los demás.

Aprovechó su cercanía con algunos mandos medios para indagar por la familia Arrubla y la hacienda La Gracia. Se enteró de que el padre de Alex poseía allí una gran extensión de tierra y que, además, detentaba otras propiedades en la región. Supo también, que León Arrubla era respetado y ostentaba vínculos oscuros con grupos ilegales que a su vez tenían dudosas relaciones con miembros del ejército en la zona. Notó que muchos mencionaban aquello sin el menor asomo de vergüenza. Sintió desasosiego, pero supo que aquello no le impedía desear con exacerbadas ansias a esa figura juvenil que le había devuelto el aliento en medio de las tinieblas de su presente.

Un día antes de que los soldados fueran separados para asignarles sus cargos administrativos para el resto del año, fueron citados para una competencia, la cual consistía en correr un tramo de la brigada, poniendo a prueba su velocidad y resistencia física. Antonio se encontraba de un excesivo malhumor con algunos de sus compañeros, incluido Joel, por los constantes comentarios malintencionados en torno a él. Se sentía burlado y minimizado, situación que en muchas ocasiones le generaba una gran ira hacia los demás. Había entrado en una especie de paranoia al observarlos hablando entre sí y mirándolo, ensañados contra su humanidad. Asumió una actitud áspera y ermitaña, propia de las personas llenas de rencor y miedo, evitando a toda costa tener contacto con algunos de sus compañeros.

El capitán al mando solicitó a los jóvenes reclutas organizarse para la carrera, no sin antes anunciar que el ganador obtendría una licencia de tres días para retornar a Medellín y tomarse un descanso durante un fin de semana largo. Quien ocupara el segundo puesto, tendría un permiso autorizado de un día para reposar en el hotel de los oficiales de la brigada con todas las comodidades y atenciones.

Por supuesto, Antonio quería ver a sus padres y huir, así fuese por un corto tiempo de ese ominoso lugar. Pensó en todo lo que había tenido que pasar hasta ese momento y en su fatiga emocional por las constantes actitudes acosadoras y hostigamientos. Asumió la competencia como una oportunidad única para sobreponerse, para reivindicarse consigo mismo, y dejar claro, así fuese de manera simbólica, que su homosexualidad no era un signo de debilidad. Observó fijamente a su alrededor con mirada retadora, concentrado en sus pensamientos y seguro de poseer la fuerza para arrollar a sus competidores. la sed de venganza se le presentaba como un jugoso y fresco néctar que lo ayudaba a redimir su aporreado espíritu.

Se ubicó estratégicamente para la salida, respiró hondo y estiró rápidamente sus piernas con unos breves ejercicios de calistenia básica. Analizó el recorrido centímetro a centímetro de manera pertinaz. Con el silbatazo que indicaba el inicio de la carrera, una dosis de adrenalina se apoderó de su ser, expandiendo rápidamente sus vasos sanguíneos y aumentando profusamente su ritmo cardiaco. Sus piernas se extendieron con ímpetu hacia el frente, dando largas zancadas, mientras sus brazos le ayudaban a impulsarse con mayor fuerza. Delante de sí no había nadie, a su lado tampoco, comenzaba como líder de la carrera y como líder se proponía llegar. Tras de sí, a milímetros, sentía los pasos de los otros soldados que al igual que él, anhelaban el esquivo descanso. Avanzó ágilmente en línea recta, sintiendo a cada paso su respiración y las palpitaciones en su cuerpo que le inyectaban el estímulo necesario para fluir por la ruta trazada como una gacela que es perseguida por una manada de leones hambrientos.

Desposeído de cualquier temor, viró a la izquierda ágilmente como lo indicaba el recorrido. Saltó sobre los montículos de tierra que obstaculizaban el trayecto intencionalmente y no dudó ni un segundo en que sería el vencedor. El solo hecho de pensarlo lo llenaba de una fuerza indescriptible. A lo lejos, observó la meta, la vio muy cerca. Junto a ella, de pie, la figura imponente del capitán, quien miraba de lejos y con expectativa el desarrollo de la competencia, saboreando perversamente las delicias de la rivalidad entre los jóvenes reclutas.

Antes de la recta final, se encontraban ubicados unos cercos de pasto con bordes de concreto que los soldados tenían que sobrepasar para llegar al último tramo. Debían pasar justo encima de estos y avanzar tan solo unos pasos más, hasta la línea de llegada. Antonio seguía liderando, el sudor le bañaba parte de su rostro y su espalda, sentía un cansancio reconfortante. Mientras avanzaba como líder en el frenesí de la carrera, alcanzó a divisar dos alcaravanes que volaban sobre la brigada a gran velocidad, sonrió para sus adentros y bajó la vista. Luego, subió rápidamente el último cerco de pasto, justo cuando sintió a uno de sus compañeros muy cerca de él, tan cerca, que alcanzó a percibir su respiración casi en la nuca, la forma de exhalar le recordó a Joel. Un corrientazo pasó por todo su cuerpo y perdió de tajo el ritmo y la concentración; estiró su pie derecho para bajar el cerco y alcanzar la meta, cuando de repente, pisó mal el cemento y su tobillo se dobló como si fuese una marioneta, una fatalidad que le hizo trastabillar y perder el equilibrio. Como en cámara lenta, cayó, mordiendo el pavimento y dándose un fuerte golpe en la nariz y rostro. No tuvo tiempo de reaccionar cuando sintió una enorme bota pasando sobre su cabeza y alcanzándole a rozar la mejilla, dejando una pequeña marca en su rostro. En medio de la confusión por lo sucedido, un sentimiento de tristeza e impotencia lo embargó.

Humillado y con su última oportunidad de reivindicación en el suelo, Antonio se puso de pie, ante las mordaces miradas de sus compañeros. Su valentía y arrojo se habían ido por la alcantarilla mientras Joel, quien cruzó la meta primero, lo observaba a lo lejos con una cáustica sonrisa.

——¿Qué pasó, amigo? ——le dijo Joel——. No me digas que otra vez te sentiste cansado antes de llegar.

Una sensación de odio se apoderó de esa joven alma. Por primera vez sintió verdadero deseo de herir de muerte a alguien. Pero de nuevo sabía que era una batalla perdida, como la carrera que recién terminaba y otras batallas que iría perdiendo a lo largo de su joven existencia, como, por ejemplo, ajustarse a unos cánones que lejos de brindarle alguna satisfacción, lo llenaban de duda y violencia contra sí mismo.

En la enfermería trataron sus heridas, las del cuerpo, porque las del alma estaban ocultas en lo más profundo de su ser, llenas de yagas, en las que él mismo hurgaba y echaba un poco de sal de vez en cuando.

Dedicado a sus labores administrativas de tiempo completo como asistente de un grupo de oficiales, se olvidó absolutamente de todo, menos de Alex. En sus momentos de mayor soledad, se le presentaba el recuerdo de su dios del Olimpo, como una aparición metafísica que lo rodeaba y envolvía todo su ser en un aura de melancolía. Los días pasaron y se fue acoplando tanto a su nuevo destino, que disfrutaba levantarse en la madrugada para cumplir con sus tareas militares. Se ganó el cariño y el respeto de los oficiales que asistía, y eso le hizo recuperar nuevamente la confianza que sintió perdida meses atrás.

A pocos meses de finalizar su servicio militar y aprovechando la confianza con un suboficial que le había tomado aprecio, el sargento Trespalacios, Antonio solicitó medio día de permiso con la excusa de visitar un familiar en el casco urbano, pero con la intención real de conocer la hacienda La Gracia. Su solicitud le fue concedida para el sábado siguiente, el día en que las labores administrativas se supeditaban a la organización y revisión del archivo de la brigada..., el día que más le gustaba. Antonio aprovechó la semana para documentarse bien sobre los pormenores de la zona. Encontró muy cerca una hacienda abierta al público donde podía almorzar y desde allí apreciar las afueras de La Gracia y monitorear cualquier movimiento en sus alrededores.

Ese sábado fue distinto para Antonio, el sol brilló de manera magnánima y la esperanza apareció como algo nuevo en su corazón nostálgico. Pensó en lo que haría y diría si se llegase a encontrar por alguna razón con Alex. Tomó un mototaxi que lo condujo en treinta minutos a la hacienda Paraíso a pocos metros de su destino final. Le pagó al chofer y acordó la hora de recogida. El vehículo desapareció en el horizonte y Antonio avanzó unos cincuenta metros por la solitaria carretera y llegó justo donde había dos inmensos árboles de laureles, tal y como los había observado en las fotos. Miró hacia arriba y en el portón vio las letras de esas tres palabras que le llenaron el alma: Hacienda La Gracia. Dirigió su mirada hacia el interior del gran latifundio y vio el camino de anturios, los árboles de yumbé, las palmas y los platanillos, los pájaros carpinteros y las cotorras cabeciamarillas; divisó a un extremo el ganado pastando y al fondo la inmensa casa colonial, reformada con una pequeña fuente en el antejardín, junto a un caminito de piedra. Vio los perros que ladraban acuciosamente y un señor con aspecto campesino que supuso era el conserje de la hacienda. Todo cuanto observó lo remitió a Alex; admiró ese lugar que era como una especie de palacio imperial. Se sintió diminuto e insignificante ante la suntuosidad que se dibujaba frente a sus ojos. Pero sus sentimientos hacia él se mantuvieron invariables. Recordó el beso, esos labios húmedos y carnosos que el universo le concedió tan solo por unos segundos. Sacó del bolso de tela verde que llevaba un marcador rojo y en una de las piedras que rodeaban la entrada escribió las iniciales de ambos A & A. Pensó en que todo un año de penurias había valido la pena solo para vivir ese momento y sentir el amor emerger en su desteñido corazón.

Caminó nuevamente hasta la hacienda Paraíso e ingresó al restaurante donde se dispuso a desayunar. Se sintió tan inspirado que escribió un poema y una carta de amor que nunca llegaría a su destino. Pensó en su futuro inmediato y en la necesidad de abandonar el recuerdo de Alex. Era el momento de buscar el amor, uno verdadero y real. Faltaban un mes y tres semanas para su regreso a Medellín. Se sintió orgulloso de sí mismo por superar sin sobresaltos, algo que en principio pensó lo iba a consumir. Pero se dio cuenta de que la verdadera fuerza residía en su interior y nada tenía que ver con la elección de su orientación sexual. La fuerza y el poder tenían que ver más con la decisión y el valor para encarar lo que se es, por encima de la opinión de los demás. Con esa convicción regresaría a su hogar para emprender sus proyectos y una nueva etapa en su vida.

El servicio militar dejó huellas en el corazón de Antonio, pero también aprendizajes invaluables que acopió en las honduras de su alma. Comprendió que las experiencias reales son las verdaderas forjadoras del carácter y que las personas son indescifrables y más complejas de lo que muestran en la superficie, que, en gran medida, todo individuo habita una fachada ilusoria de algo más complejo. No dejó grandes amigos en el ejército y obtuvo una corpulencia tal, que al regreso a su hogar parecía otra persona con más fortaleza física y mental, pero que aún ocultaba muy en el fondo de sí algunas de las viejas angustias del pasado.

A su regreso, inició casi de inmediato sus estudios universitarios en Humanidades y se abrió campo en un nuevo mundo de relaciones y conocimientos que aliviaron gran parte de sus antiguas heridas y ampliaron su perspectiva de la vida y de su propia existencia. El contacto con personas apasionadas por la cultura y el saber, le contagiarían un nuevo impulso por vivir y redescubrirse. Además de ello, conoció nuevos amigos con quienes conectó rápidamente y le mostraron facetas totalmente distintas de las que conoció durante su año en el ejército.

Todo ese nuevo universo de experiencias permitió que se introdujera rápidamente en los artilugios del erotismo y la pasión con hombres universitarios que, como él, estaban sedientos de aventuras. Puso en marcha una búsqueda insaciable, aprovechando sus dotes corporales que eran nuevos y atrayentes. Estuvo tan acostumbrado al rechazo e incluso a la burla sobre su cuerpo y apariencia, que, de pronto, le parecía extraño verse observado con deseo por hombres y mujeres a su alrededor. Sus largas piernas que años atrás parecían endebles, de pronto se convirtieron en dos torres firmes y prominentes. Su espalda tomó una apariencia esbelta como de guerrero romano y su abdomen permaneció plano como un amplio valle. Se interesó más por el cuidado de su aspecto físico y dedicaba varias horas a la semana a ejercitarse.

Su curiosidad por el sexo se alojó en su mente, como un huésped sediento que se posesiona de un organismo vivo. Era un asunto que llegaba para quedarse y ocupar un lugar preponderante en su vida. Para Antonio iniciaba una nueva etapa, llena de libertad y algunas satisfacciones, pero también, esa, en la que empezaría a ver la crudeza de la vida, de las relaciones e incluso de sí mismo; donde el deseo, la fantasía, el placer, el dolor, el goce y la realidad se cruzarían de maneras diversas, unas veces de forma grata, otras de forma tormentosa.

En sus tres primeros semestres de universidad ya había compartido cama con una docena de hombres. En su cuarto semestre de carrera, inquieto por tanto desfogue y desorden en su vida sexual, se concentró seriamente en sus estudios y esperó pacientemente la oportunidad de conocer a alguien con quien pudiese construir algo más serio y estable. Sentía que algo faltaba, el vacío que quedaba después de cada encuentro era agudo. No tuvo suerte en sus primeros intentos.

Una noche de viernes, después de una ardua semana de exámenes finales decidió ir a tomarse unas cervezas solo. Caminó hasta el parque del Periodista, un lugar que en pocos metros acogía todas las tribus y guetos urbanos: gais, punkeros, metaleros, góticos, alternativos, salseros, marihuaneros, transexuales o simplemente personas sin adscripción alguna o que adoptaban más de una identidad. Mientras se acercaba al lugar vio la cantidad de gente asentada allí, y el rumor masivo de las exaltadas conversaciones llegaba a sus oídos. Era viernes y esos espíritus allí agolpados hervían a cien grados centígrados, disparando burbujas de amor y fraternidad por las calles aledañas. Era increíble cómo en un sitio tan pequeño todos pudiesen convivir en paz y armonía, máxime en una ciudad acostumbrada a la violencia como método privilegiado de intercambio entre diferentes.

Al pasar por un costado del parque observó a un hombre de unos veintidós años, trigueño y atractivo el cual rápidamente le devolvió una mirada perspicaz, el código universal infalible en el mundo gay para ese entonces. El joven quedó atrapado en los ojos de Antonio y le esgrimió una leve sonrisa, signo del inevitable encuentro. Antonio sintió que el hombre caminaba detrás de él y al fin se decidió a girar su cabeza y detenerse.

——Hola.

——Hola, qué tal —respondió Antonio, con un dominio de sí mismo que se la hacía extraño.

——¿Para dónde vas?

——¿A dónde quieres que vayamos?

El hombre sonrió con un gesto de sorpresa

—Bueno… te invito a una cerveza.

——¡Dale!

Fueron tres cervezas para cada uno antes de terminar en la habitación de un motel cercano hasta el amanecer.

——Mucho gusto, mi nombre es Antonio.

——El mío, José — dijo con una risita pícara.

——Esas fueron sus palabras de despedida y quedaron de verse al día siguiente.

Se fueron enamorando de a poco, pues hubo conexión y química desde el primer día y, sobre todo, cada uno encontró en el otro un refugio en el cual reposar y buscar ese afecto que necesitaban. Con el paso de los días, la relación se fortaleció y fue creciendo, asentada en las raíces de lo cotidiano que sostenían un amor que ante todo era frugal e inocente.

José era un joven arrojado de la nada a un mundo voraz en el que tenía que sobrevivir en medio de múltiples dificultades sin el apoyo de nadie. Era un alma marcada por la tragedia y la soledad, de corazón humilde y gestos tímidos. Antonio se enamoró de esa mezcla de fortaleza física y fragilidad interna, al tiempo que lidiaba con sus propias barreras para el amor. Nunca pensó que esos caminos fueran tan difíciles de andar para él, eran rutas espinosas llenas de viejas heridas que ni siquiera alcanzaba a dilucidar en una mente que, a esas alturas, se había empecinado en borrar la mayor cantidad de rastros del pasado. Su niñez era un asunto algo olvidado, al igual que los traumas construidos en esa etapa de su vida o al menos así lo creía, pues en ocasiones, lo que creía olvidado, aparecía cifrado en otros actos, incluso ajenos para él mismo.

Se encontraban en cualquier rincón de la ciudad, en cualquier parque o manga disponible para sentarse y conversar, reírse y darse algunos besos y manoseadas, siempre vigilando que no hubiese moros en la costa. No se concentraban en sus respectivos trabajos por andar chateándose. En esa dinámica cumplieron seis meses emparejados. Como Antonio aún vivía con su familia, él era quien visitaba a José en su lugar de residencia; en otras ocasiones, acordaban puntos de encuentro equidistantes.

Un miércoles en la noche se encontraron en casa de José para ver un partido de fútbol y disfrutar un rato juntos. Cenaron un suculento rollo de carne que José preparó, aprovechando sus dotes de buen cocinero. Charlaron un poco de asuntos triviales y tomaron vino, mientras en el rostro de Antonio se reflejaba una sutil incomodidad. Miraba denodadamente a su alrededor como hurgando en los muros de aquel lugar un mundo que no lograba comprender ni apropiarse del todo. Algunas tensiones habían empezado a aflorar en la relación.

——¿Quieres algo de tomar? —preguntó José—. Tengo en la nevera Coca-Cola y jugo de tomate de árbol... !ah!, también tengo una cerveza que quedó de ayer.

——Cerveza está bien, amor.

Antonio cursaba su quinto semestre de universidad y José había tenido que retirarse de sus estudios, pues sus problemas de solvencia económica eran tan serios que en ocasiones no tenía cómo pagar la matrícula o sostener sus gastos personales. Se dedicó de lleno al trabajo y se empleó en un *call center* de servicios empresariales. Vivía en lo que llaman una pensión en el centro de la ciudad a pocos kilómetros de la casa de Antonio, en un sector que tuvo su edad de oro, pero que, con el paso del tiempo, había sido apropiado por el comercio e iba en decadencia por el descuido de los gobernantes de turno a quienes poco o nada les importaba el patrimonio arquitectónico y cultural de la ciudad. Era una casa grande con varios cuartos que se rentaban a inquilinos de todas las procedencias y sin distingo de clase social. Eran cuatro habitaciones en total: la suya, la de Clara, la de Emanuel y la otra pertenecía a Octavio, el dueño de la propiedad. Todos en esa hospedería eran homosexuales, menos el dueño, quien era un señor mayor a quien le atraían las jovencitas de quince o dieciséis años, que buscaran algún viejo pensionado que les ayudara a lidiar con sus gastos.

José entró en la cocina desordenada, con platos sucios arrumados y loza sin lavar de varios días. Buscó un vaso limpio y abrió el refrigerador para servir un poco de bebida. Caminó por el pasillo de baldosas amarillas y rojas hacia su habitación y se detuvo por un par de segundos frente a la puerta entreabierta del cuarto de Clara. El movimiento bajo el reflejo del televisor de dos siluetas femeninas amándose llamó su atención.

Antonio se incorporó de la cama y recibió el vaso, bebió lentamente, pero sin pausa, puso el vaso en el piso, miró de reojo el partido de fútbol que pasaban por televisión y tomó el brazo de José.

——Acuéstate aquí conmigo, ¿por qué estás tan serio?

——No, no estoy serio. Estoy bien —interpeló José.

——Claro que lo estás. ¡Dime, no seas así! algo te pasa.

——Es que te noto a veces raro e incómodo conmigo y creo saber por qué.

Antonio se sintió cuestionado. En el fondo de sí mismo empezaba a emerger un halo de culpa, presentía el reclamo de José. A pesar de ello quiso continuar el diálogo con su novio, ya no podía retroceder ni cambiar el tema, lo mínimo que podía hacer era escuchar.

José Macías provenía de Urabá, un territorio lleno de riqueza natural y cultural, al mismo tiempo, escenario de grandes tensiones sociales y políticas. A los quince años y con la ayuda de su madre que fallecería poco tiempo después, José viajó a Medellín para terminar sus estudios y huir de un conflicto del que no quería ser partícipe. Logró ingresar a la universidad con mucho empeño, pero por falta de recursos tuvo que buscar trabajo y entre una cosa y otra, entre el problema y la necesidad, desistió de realizar uno de sus sueños, ser biólogo. A partir de entonces, siempre se sintió fracasado en cualquier cosa que se proponía, con frecuencia era despedido de sus trabajos, por lo que constantemente cambiaba de empleo. Encontrar a Antonio fue un oasis en medio de una desértica realidad que José a sus veintitrés años no sabía cómo enfrentar.

——No entiendo, explícate —preguntó Antonio.

——Te he venido sintiendo extraño desde hace unos días. Cuando estás acá no te veo cómodo y miras el lugar con cierto desdén. Yo me siento mal porque no puedo ofrecerte unas mínimas condiciones para que estemos juntos y tampoco te puedo invitar a buenos lugares, cuando más a un parque o una panadería.

——Bueno, pero por qué sacas este tema justo ahora.

——Porque hoy te siento más ajeno que nunca, y eso me hace sentir avergonzado.

——Olvídalo, de pronto es porque para mí es nuevo tener una relación y me siento extraño, pero no es por nada más.

——Yo sé que hay algo más....

Hubo un breve silencio entre ambos que para Antonio pareció una eternidad. A su mente llegó una horda de pensamientos sobre sí mismo, su familia y sus orígenes. ¿Qué buscaba en José? ¿Qué lo atraía de él? ¿Cómo podía sentir atracción física al mismo tiempo que desprecio por su condición social? Eran preguntas que empezaban a circundar reiterativas en su cabeza, pero para las que aún no tenía respuestas claras. Todo ello le hacía sentir una profunda repulsión por sí mismo. Creía tener unas sólidas convicciones morales y principios, que, a la hora de entablar una relación de pareja se venían al suelo.

Quería a José porque era diferente a los hombres que había conocido en el rutinario mundo *gay* de la ciudad de Medellín, donde el *gueto* de la época establecía los estándares de comportamiento social, apariencia física y vestuario. La violencia cultural a que fueron sometidos los grupos homosexuales por parte de sectores hegemónicos era reproducida de manera inconsciente por ellos mismos, generando toda una serie de clichés en las maneras de ser, vestir, pensar y hasta de hablar. Antonio odiaba eso y sabía que José representaba una afrenta a todo ese constructo irracional que se reproducía vertiginosamente y que era validado por miles de hombres que compartían su orientación sexual.

La corpulencia de José, su piel cobriza y golpeada por el sol, su rostro ingenuo, pero a la vez rudo —la misma crudeza de su entorno, su aspecto rural—, eran suficientes para atrapar a Antonio y seducirlo a tope. Amaba esas características propias de hombres que había observado con detalle en el albur de su adolescencia. Sin embargo, el duro contexto social de José era para Antonio un obstáculo, algo que internamente quería ignorar, pero le era imposible, con solo observar su entorno. Se sentía jalado por José a un mundo sombrío del cual Antonio precisamente quería salir, y eso, por supuesto, lo atormentaba. Muy en las profundidades de su alma, Antonio sabía que estaba influenciado por cierta frivolidad característica de su ambiente, esa que él mismo odiaba, donde aparentar era la norma por excelencia, donde mostrarse fuerte, capaz, pudiente y muy a la moda, otorgaba cierto estatus social que inflaba el pecho y llenaba de un orgullo vacuo a toda una comunidad que, de manera eximia, comenzaba a reclamar un lugar más visible en la sociedad. Antonio hacía parte de eso, por más que le pareciera despreciable siempre terminaba cayendo en el lugar común de ser homosexual. Pensaba que era una especie de compensación secreta que todos los hombres como él buscaban silenciosamente para huir del ultraje del que eran víctimas, por parte de quienes consideraban que tal condición era anormal y contra natura.

Esa noche hubo mucho silencio entre ambos. Más tarde, hicieron el amor apasionadamente, aferrados a los sentimientos que los unían, al deseo corporal que reverberaba por los poros y al que no se podían negar; se abrazaron fuerte mientras se amaban, atraídos salvajemente el uno al otro, unidos por una libido invisible que los sobrepasaba, que los desposeía de toda racionalidad. En esos cinco metros cuadrados iluminados vagamente por una luz casi fluorescente como la de un motel, con el televisor encendido emitiendo un rumoreo imperceptible, se consumó el deseo de dos jóvenes, que emergía desde lo más profundo de sus oscuridades, dándose luz a través de una pasión desenfrenada.

A medida que transcurrían los días, José entraba en una situación más desesperante. A su pérdida del cupo en la universidad y la imposibilidad de retomar su carrera, se sumaba el despido de su empleo. Esto ejerció más presión en su vida y lo llenó de tensión y estrés. A pesar del dolor de ambos, José tuvo que retornar a su pueblo natal donde aún vivían sus tíos, quienes podían proveerle un medio de subsistencia temporal. Antonio se sumergió en una profunda tristeza y trataron de mantener contacto permanente a través del correo electrónico y algunas llamadas habituales. Pero el peso de la cotidianidad y la ausencia se interpusieron inexorablemente entre los dos. El vacío nuevamente se apoderaba del corazón de Antonio.

Tiempo después, la promiscuidad volvió a tocar a su puerta. El culto al cuerpo y la dedicación abnegada al trabajo se convirtieron en la brújula con que navegaba por la vida. A sus treinta años lo había hecho casi todo: viajar por diferentes países, obtener títulos académicos y prestigio profesional, ocupar cargos importantes. Pero su espíritu seguía habitado por las tinieblas del desamor.

Antonio llegó a esa edad donde empieza a emerger cierta añoranza, ese momento de la vida donde la memoria se convierte en una trinchera inquebrantable, pero a la vez, llena de reproches y viejas heridas. *Ad portas* de cumplir cuarenta años, una sensación de soledad insoslayable lo acompañaba cada vez con mayor frecuencia. Se le hacía paradójico el haber obtenido logros profesionales, estabilidad económica, prestigio laboral... pero estar cada vez más solo. Se percibía retraído y aburrido a pesar de sus constantes intentos por generarse para sí nuevas rutinas o propósitos que le evitaran tales sentimientos.

Antonio observaba cómo el tiempo no solo lo había cambiado a él, sino también cómo se había modificado el curso de toda una sociedad que estaba cada vez más conectada, pero que al mismo tiempo se sumergía más en el descontento, ostracismo e individualismo extremo, marcado por el odio exacerbado y la polarización política. Cada uno erigía un castillo invisible en el que se refugiaba del contacto con el otro y alimentaba una especie de narcicismo propio de una época en la que un concepto sobredimensionado del yo era como una tendencia en aumento, especialmente entre los más jóvenes, que usaban las redes sociales como una galería del exhibicionismo. Antonio, sin ser muy consciente de ello, había caído en esa trampa, como mecanismo de defensa y refugio.

Cada vez más, los homosexuales ganaban terreno en materia de reconocimiento, identidad y derechos y salían del *closet* aprovechando las nuevas tecnologías como bastión para sus búsquedas amorosas o sexuales y como lugar de reivindicación. Sin embargo, aquello no se reflejaba en relaciones más estables y felices. Antonio presenciaba cómo todo compromiso se aligeraba como una forma de huida que, invariablemente, usaban unos u otros. Incluso, él mismo hacía parte de esa dinámica inocua, y miraba hacia atrás, logrando dimensionar el tiempo perdido. Repasaba mentalmente la lista de hombres que habían pasado por su vida y a quienes en conjunto recordaba con una combinación de nostalgia y antipatía. En lo más recóndito de su corazón seguía alojado el recuerdo de Alex, a quien, sin saberlo, buscó en otros hombres. Nadie había logrado mover más su corazón, que esa figura lejana de un amor imposible.

Durante muchas noches solo conciliaba el sueño hasta bien entrada la madrugaba, se sentía perseguido por la imagen de su príncipe de siempre. Sintió que su recuerdo regresaba para mortificarlo, quitándole la tranquilidad que había conseguido a través del mejor recurso de la mente, el olvido. Esa amargura de un amor no realizado se había atrincherado en lo más hondo de su corazón, generándole una agonía que aparecía de la nada y lo atribulaba en los momentos más inesperados.

Tal vez el amor no era para todo el mundo, pensaba, pero en el fondo de sí sabía que su repudio hacia lo convencional había demarcado sus relaciones pasadas, creando una muralla que circundaba su corazón. Se sumergió en una especie de agotamiento y cansancio de la vida, de su propia existencia; poco o nada le era atrayente y la sensación de hastío se apoderó de su percepción del amor, como un camino ya recorrido varias veces en el que no se encuentra ninguna novedad, nada que alimentara sus ansias de pasión. Las historias amorosas le parecían predecibles y forzosas, como si no fueran el fruto de un sentimiento genuino y auténtico que nutriera el alma de avivadas emociones.

Incurría cada vez más en el autoerotismo, ahondando esa sensación de aislamiento que lo acompañaba. Despreciaba los lugares comunes que encontraba a su alrededor, el hedonismo exacerbado en el que él mismo había incurrido, la ligereza de pensamiento y las opiniones prefabricadas de sus allegados, las burbujas fantasiosas y las aspiraciones artificiosas que pululaban en su entorno. Pensaba en que el conocimiento no necesariamente trae mayor felicidad, que, a veces, quienes son más ingenuos frente a la vida, gozan de ciertas licencias para el disfrute de su existencia sin tantos cuestionamientos.

Intentó recuperar viejos amores, antiguos amantes que le hiciesen avivar esa llama que en su corazón se apagaba, pero fueron encuentros infructuoso, desgastantes, solo ahondaron esa sensación de soledad que cimentaba su existencia, lo pusieron de frente a su realidad, a esa fría manta que cubría todo su ser.

Sus propios pensamientos lo castigaban, eran implacables, como si en el sufrimiento encontrara un abrigo acogedor en el cual sortear un destino que no lograba comprender. En el centro de toda esa confusión residía aquel enigma que se manifestó en su deseo por Alex. Había un conflicto allí, difícil de desanudar, pero que se hacía presente con una enorme fuerza en su vida y que se le convertía en un peso constante que cargaba en silencio, sonriéndole al mundo, mientras lloraba para sus adentros. Trató de aceptar que en el mundo en que vivía, el amor tenía límites para algo que los demás llamaban orientación sexual.

Su tedio se vio ahondado por la monótona rutina que le representaba su trabajo en un cargo administrativo en el gobierno local. Burocracia, eternas discusiones, políticas con poco sentido humano, proyectos cargados de intereses individuales y una vorágine de competencia desleal y despiadada entre colegas profesionales, terminaron por menguar su espíritu curioso. Reuniones de planeación, agendas rutinarias y proyectos fallidos profundizaban su hastío.

Se esforzó por abandonar el pasado para poder evolucionar y renunciar a esos arcaicos y pesados caparazones que no le permitían avanzar en su vida amorosa. Tal vez era solo cuestión de ajustarse a unos cánones preestablecidos y dejar de problematizar aquello que para el resto de los mortales parecía un asunto tan simple.

El sábado, como era habitual, se levantó a eso de las nueve de la mañana para preparar su desayuno: jugo de naranja, cereal, huevos cocinados, café y pan; luego, tomar una ducha e ir al gimnasio, una rutina que se había impuesto casi como un mandato de su vocación hedonista. Moldear su cuerpo le representaba una oportunidad para acercarse a un goce oculto y parecerse a esa poderosa figura masculina que tanto anhelaba.

Se puso sus audífonos, llenó su termo de agua y colgó de sus hombros su mochila deportiva en la que llevaba una toalla, los guantes y su billetera.

Era un día soleado, radiante, despejado, con un viento fresco. La ciudad estaba de fiesta y llena de flores. Esa mañana se sintió apabullado por la vida, como si todas sus fuerzas hubiesen sido consumidas por las circunstancias. Se esforzó más de lo habitual para cumplir con su propósito.

Caminó por esas calles que de su casa lo conducían al gimnasio, ese lugar semejante a un templo sagrado, en el que muchos jóvenes y no tan jóvenes, tallaban sus figuras en una repetición infinita de su adoración a algo que reconocían como lo fundamental de su existencia. Todo un mercado de consumo giraba alrededor de ello, el cuerpo era como un nuevo dios que se erigía en una sociedad cada vez más carente de ideas y en la que la acumulación de riqueza y poder eran la prioridad.

Mientras caminaba, observó con detalle todo a su alrededor, el desorden producto del comercio desenfrenado, las casas de fachadas coloridas entremezcladas con edificios de mediana altura color ladrillo, cada uno con un diseño diferente, como si una nueva estética de lo banal rigiera la apariencia de la ciudad. Los hombres dominaban el paisaje con sus trabajos de carga y descarga de mercancías, actividades en locales comerciales y labores de mecánica automotriz. Aunque su atracción por ellos era innata, su corazón abrigaba un sentimiento de desconfianza, sabía que eran seres indómitos y que ocultaban los peores vicios tras sus máscaras de personas trabajadoras y abnegadas, además eran seres incultos, oportunistas y en su mayoría, con un alto nivel de fanatismo religioso e ideológico. Era justamente lo que él había negado ser, pero por una extraña razón, esos hombres eran como imanes para sus ojos, que inquietos auscultaban esas bucólicas figuras como si en ellos buscase algo que le había sido arrebatado.

Se preguntaba constantemente en qué momento su vida había pasado a carecer de un rumbo definido, todo parecía tan claro al principio, pero hubo una ruptura en sí, algo que para él no cuadró y que en algún momento empezó a mortificarlo, como si un espíritu demoniaco le consumiese todo su ser desde adentro y a fuego lento. Se enfrentaba a ese momento de la vida donde el ser humano tiene ante sí dos caminos: el de la virtuosidad, producto de una vasta reflexión y un aguzado juicio crítico, o el del vacío y el desencanto, que llena de desazón y empaña el verdadero sentido de la existencia. Se dio cuenta de que las verdaderas amenazas para sí mismo no residían afuera, estaban enraizadas en su corazón y le constreñían sus entrañas en los momentos menos esperados.

Por esa época, se vio en la necesidad de replegarse en su interior, de auscultar su alma en busca de respuestas, de verdades, imposibles de develar en su totalidad, que por alguna razón habían quedado sumergidas en una bruma de necedades y pensamientos engañosos sobre sí mismo y el mundo, o su mundo, ese que había construido de manera artificiosa sin darse cuenta con el paso del tiempo. Fue en ese entonces que descubrió un gran sentimiento de culpa enquistado en su ser, como una forma innata de asumir la vida en la que había caído y que se había transformado en un hábito.

Pensó en la necesidad de encarar su rumbo de otra manera, bajo otra perspectiva en la que simplemente pudiera ser él mismo de un modo más auténtico, sin la necesidad de tener que buscar una razón científica, biológica o psicológica sobre su orientación sexual. Su acercamiento a otros enfoques y el cúmulo de relaciones construidas en diferentes ámbitos, le habían permitido elucidar la complejidad de los seres humanos y más aún, lo enigmático de la sexualidad y el deseo.

Al llegar al gimnasio se encontró con Francisco, uno de esos amigos ocasionales de fines de semana, con quien entablaba largas horas de conversación en aquel espacio para entrenar el cuerpo y dar salida a esos impulsos narcisistas y ególatras que estaban a la orden del día en el ambiente homosexual masculino. Este ya era un lugar bien conocido para Antonio, reconocía muchas de esas miradas y rostros detrás de esas máscaras bien puestas. Hombres, que, como él, se esforzaban por lucir un cuerpo esbelto y prominente, queriendo ocultar tal vez, las flaquezas de su alma y el miedo a parecer débiles o femeninos frente a una sociedad que exigía cada vez más rendimiento en todos los aspectos de la vida y en la que cientos de ellos disfrazaban sus complejos y temores en un caparazón de músculos.

——¡Antonio, días sin verte! —lo saludó Francisco mientras calentaba los hombros con unas mancuernas de diez libras.

——Hola, Fran, cómo estás.

——Estabas perdido, no me digas que te estás descuidando con la rutina.

——No, para nada. estoy juicioso, solo que no hemos coincidido.

Francisco le lanzó una mirada de incredulidad mientras sonreía con sorna.

——¿Vamos a rumbear esta noche?

——¿A dónde?

——A Caverna. Hoy habrá una fiesta genial.

——No tengo ganas ——replicó un Antonio parco.

——¡Qué pasa amigo!... Veo que te están dando duro los años.

——Antonio oculto su malestar en una sonrisa cómplice.

——No, no es eso... es que ya no me mueve ir a ver lo mismo de siempre.

——Algo bueno a de encontrarse. Anímate, vamos y nos divertimos un rato y de paso te levantas algo o al menos recreas el ojo.

——Está bien. Te confirmo más tarde por WhatsApp.

Aquel sábado, Antonio entrenó con desgano, agotado, sumido en la monotonía de lo cotidiano. La rutina de una semana, más la exigencia de un entrenamiento riguroso menguaban sus fuerzas. Al mismo tiempo, una sensación de hastío con esa cultura del cuerpo y el *fitness* le generaba aún más disgusto. Sin embargo, lo hacía como una obligación, como una de esas prácticas ya instaladas en la vida de una persona que no se cuestionan y que se convierten en un deber, algo a lo que no se puede renunciar tan fácilmente. Recordaba cuando asistía a la iglesia por mandato de su madre y no por devoción, encontrando algunas similitudes en ello. Dejó de pensar y se entregó a su tarea corporal sin meditarlo más, era la única manera de alivianar su angustia existencial.

Al llegar a casa, se entregó a la lectura, uno de sus polos a tierra. Mientras caía la noche y revisaba una de sus obras de literatura preferidas, *Fahrenheit 451* de Ray Bradbury, escuchó el ruido del helicóptero del gobierno local que desde hacía un tiempo sobrevolaba la comuna cercana a su sitio de residencia, pillando malandrines de poca monta para que el alcalde de turno se diera ínfulas con el tema de la seguridad, que claro estaba, garantizaba los votos y el respaldo de los ciudadanos. Cada noche, sin falta, esa máquina voladora surcaba los alrededores del sector, trastornando la aparente calma de su barrio. Esa máquina espantosa lo indisponía como nada.

En algunas comunas adyacentes a su lugar de residencia reinaba el caos a causa de los conflictos entre bandas criminales que controlaban ciertas zonas periféricas de la ciudad, aprovechando, además, la falta de presencia estatal en los sectores más marginados. El helicóptero emergió de la nada, en medio de la abochornada noche, y con su ruido desconcentró el ejercicio de lectura de Antonio, quien se quedó observando el recorrido en forma circular de la nave que sobrevolaba algunas de las montañas y lanzaba un poderoso rayo de luz, como pretendiendo develar la puesta en escena de una obra de teatro.

De pronto, sintió el helicóptero tan cerca de su apartamento, casi encima de la ventana de su cuarto, que se acercó para tratar de observar a quienes lo pilotaban, y de repente, la luz en su rostro lo encegueció por completo devolviéndolo de un estrujón a su silla de estudio, al tiempo que de su boca salían las peores injurias.

Se sintió observado, casi desnudado por la luz dantesca que entró hasta su cuarto. Experimentó una rabia que le emergía desde lo más profundo de su ser y comprendió que aún eran tiempos de guerra en su ciudad y que estaban a merced de las más feroces estructuras delincuenciales.

Observó a lo lejos las montañas iluminadas por los focos de las casas que se amontonaban de manera irregular en esas colinas de la exclusión. Algunas nubes se posaban sobre el cerro de la gran loma, dándole una apariencia brumosa y esparciendo un aire de nostalgia. Pensó que ese lugar que tenía en frente de sí se relacionaba de alguna manera con él mismo, con su melancolía y con sus disputas internas. Eran ellos extranjeros en su propia ciudad, era él extranjero de su propia existencia.

El helicóptero lo había hecho pensar también en la observancia extrema, ese acto tan recurrente de una modernidad que coincidencialmente en la novela de Bradbury se encontraba vaticinado. «Somos seres vigilantes», pensó. Percibió cómo ese ejercicio de inspección extrema estaba instaurado en su interior. Era él mismo su propio centinela, que, inclemente, arremetía contra sí mismo, por cualquier error, cualquier fallo, descalificándose, anulando su esencia y su verdadera naturaleza, persiguiéndose a toda costa. De alguna manera, las voces de otros que le habían hablado y lo calificaron o descalificaron se convirtieron en su propia conciencia, en eso que escuchaba a diario en sus adentros y que en buena medida determinaba su destino. Sintió una especie de temor e infortunio al mismo tiempo.

Obnubilado y confuso, entregado a una nube de pensamientos fatídicos sobre la vida y su propia existencia, decidió confirmar la invitación de su amigo.

——Hablaron por WhatsApp:

ANTONIO: *Hola, Fran, nos vemos en Caverna esta noche.*
FRAN: *¡Bravo! Nos vamos de fiesta esta noche.*
ANTONIO: *Nos vemos a las once en la entrada.*
FRAN: *Ponte bien guapo, esta noche te consigo marido.*

Agregaron emoticones sonrientes y otros de diablitos.

Bajó la escalera en forma de caracol mientras pensaba en el atuendo para esa noche. Volvería a usar esos jeans ceñidos y una camiseta cuello en v que permitiera mostrar sus atributos corporales. Quería revivir esos años de juventud, de los cuales, aún conservaba un buen aspecto físico. Se preparó meticulosamente como si se tratara de un personaje teatral poniéndose a tono para una premier. Recordaba esos años cuando salía a las discos *gay*, como si fuera casi un ritual semanal, que le llenaba de expectativa y emoción, al tiempo que ponía a prueba sus dotes de conquista. En el fondo, siempre pensaba que, en alguna de esas salidas nocturnas podría encontrar a ese alguien, ese otro que le faltaba, ese otro que le llenara ese vacío y pusiera en marcha todas sus fantasías. Tiempo atrás, había renunciado a esa ilusión y se había encerrado en sí mismo.

Frente al espejo, detalló su rostro y percibió unas ligeras arrugas alrededor de sus ojos. Aun su aspecto era joven, pero el transcurrir del tiempo empezaba a dar sus primeras señales en el cuerpo, tan evidentes para alguien que había visto en la apariencia un salvoconducto a una felicidad artificial que no lograba sostenerse por sí sola. Esparció un tonificante facial en su rostro, un poco de aceite de argán en su cabello y se aplicó su perfume favorito que seguía recordándole a su príncipe de amores lejanos. Se puso sus *jeans* negros que le ceñían sus extensas y fornidas piernas y una camiseta vinotinto que esculpía perfectamente sus pectorales. Se sintió como un ángel seductor, como Anteros; imaginó sus anchas alas detrás de sí y dibujó una inocente sonrisa en su rostro antes de salir de casa.

En la discoteca, Antonio y Francisco se ubicaron justo al frente de la barra de licores, junto a una pared con un revestimiento color púrpura y cortinas al estilo a*nimal print.* Las luces de colores le imprimían al espacio un tinte de euforia y le daban una sensación de movimiento desenfrenado, invistiendo a las almas presentes de un frenesí, que bajo el abrazo de la música y los destellos parecían deslizarse en el espacio como en un baile primitivo de una horda en tierras remotas.

A medida que avanzaba la noche, una docena de jóvenes se agolpaban alrededor de Francisco, que parecía un hechicero, convocando a su cofradía. Su esencia era la seducción, y la mejor manera de reafirmarlo era sumando adeptos que se disputaban el privilegio de conquistarlo. Antonio solo atinó a observar con ironía tal puesta en escena que no dejaba de parecerle caricaturesca. Entabló conversación con uno de los hombres, más por no mostrarse apático que por una verdadera intención de conectar con alguien.

Algo en su intranquilo corazón se agitaba con la fuerza de un maremoto, causándole sentimientos encontrados. Mientras tomaba una cerveza sintió nostalgia por el tiempo pasado, por esos años de entrega y dedicación a lo mundano que ya no serían más, por esas historias vividas que lo marcaron en lo más profundo de su ser. Sabía que un ocaso empezaba a posarse secretamente en su corazón y que tarde o temprano acabaría aceptando que bajar el telón de ese *performance* de su juventud era lo mejor para él. El momento actual lo convocaba a abrirse a nuevas experiencias, otras personas y otras rutinas que le proporcionaran alivio a su espíritu.

Salió de la discoteca a fumarse un cigarrillo, sintió el abrigo de la noche suave y delicado sobre su apacible figura. El frío, el cielo azul índigo y la luna sobre la insomne ciudad propiciaban un escenario lleno de misterio y lujuria. La calle estaba colmada de sitios luminosos en cuyos interiores sonaban diferentes géneros musicales. En un bar cercano sonó de repente una canción que lo puso en sintonía con su pasado, observó allí cómo departían hombres y mujeres al ritmo del *rock* de los años ochenta y noventa. Su mirada quedó absorta en la interacción de los seres que parecían movidos por una fuerza divina, como en una sincronía celestial. Sus ojos quedaban fijos y perdidos en las risotadas que lanzaban, así como en la manera como narraban sus anécdotas o simplemente comentaban cualquier banalidad. No terminaba de entender el mecanismo por el cual, entre dos opciones de orientación sexual, una de ellas aparecía tan desdeñable para la mayoría. Tales pensamientos coincidieron con una escena que le hizo corroborar sus elucubraciones. Una pareja de hombres salió de la disco *gay* y cogidos de la mano se posaron al frente del local que Antonio observaba. Inmediatamente, la mirada de hombres y mujeres se enfocó en la pareja de chicos, que, inocentes, recibieron ojeadas burlonas y sarcásticas. Ese cuadro patético y paradójico le generó malestar.

Comprendió en ese momento que, frente al amor y la sexualidad, la cultura jugaba un rol de centinela despiadado, recordó la figura del helicóptero vigilante. Imaginó que a todos esos hombres y mujeres que miraban, al igual que a él, le sobrevenían pensamientos repentinos contra los que luchaban silenciosamente. Entendió que el rechazo era solo una dimensión más del miedo. Pensó que, muy en el fondo del espíritu humano, la vieja costumbre de despreciar al otro solo oculta el fatal reflejo que proyecta a unos en otros.

Ingresó de nuevo en busca de su amigo Francisco.

——¡Donde estabas, amigo!

——Fumando un cigarrillo.

——Ven, tómate un trago. Y le extendió una copa de *whiskey* que Antonio recibió y se pasó de un sopetón.

——Oye, pero pareces un príncipe con tus sirvientes alrededor.

¡Ya ves! Tengo mi *harem* adorándome.

Ambos rieron, y Francisco le dio un cálido abrazo a su amigo, desarmándolo de cualquier frivolidad. Se acercó sereno al oído de Antonio y murmuró:

—¿Quieres que te presente a alguno de los chicos? Santiago te va a gustar. —Sonrío con perversidad.

Antonio pudo ver en el rostro de su amigo ese deseo inexpugnable de mantenerse vigente, de sentirse joven a toda costa a pesar de sus más de cuarenta y punta de años. Esos chicos que lo rodeaban solo estaban ahí para despertar una concupiscencia que no se iba a consumar, era el reflejo soslayado de un narcicismo que luchaba contra el paso del tiempo.

——No, deja así. Hoy no ando en plan de conquista.

——Pero cómo vas a desaprovechar la oportunidad, te lo sirvo en bandeja de plata.

Antonio dejó escapar una carcajada a manera de punto aparte de esa conversación que no le apetecía continuar. En realidad, ninguno de esos jóvenes le despertaba el más mínimo interés, los encontraba a todos tan similares y encasillados en un molde, que ya bien conocía, tanto que no podían más que producirle tedio. Dirigió su mirada a modo de paneo por el lugar, buscó otro trago y se dejó llevar un rato más por el sonido envolvente de la música electrónica.

Poco antes de las dos de la madrugada sintió una especie de sopor y pesadez.

——Salgo a fumar un poco y a tomar aire —le dijo a su amigo.

——¡Dale! ¿No será que te vas a ir? ¡No seas así! —vociferó Fran, con una mirada desdibujada por el licor, el humo, el baile y el letargo de la naciente madrugada que empezaba a develar secretamente la fragilidad de los rostros.

De pie en la acera, observó la avenida y pensó en tomar un taxi, pero algo dentro de él lo hizo titubear, como un presagio deífico. Sintió que abandonar aquel lugar justo en ese momento era soltar lo que le quedaba de juventud. Aguantó un poco, respiró hondo y pidió otro cigarrillo. No era un fumador habitual, pero esa noche no quiso imponerse límites. Le sobrevino un pasado que lo envolvió furtivamente y esas evocaciones lo devolvieron a la vida.

Mientras tomaba su cerveza, se sintió agudamente observado, como si un espectro se posara frente a él y quisiera apoderarse de su alma. Miró de soslayo y percibió que, del bar contiguo, ese donde antes se habían detenido sus ojos, alguien lo reparaba. Esa figura poseía una energía sobrenatural que le removió las entrañas. Giró levemente su cuerpo con el mayor disimulo, con la idea de ampliar su ángulo de visión. En una de las mesas del lugar se encontraba un grupo de personas, tres hombres y tres mujeres que reían con vivacidad mientras chocaban sus copas llenas de licor. Entre ellos, unos ojos se habían fijado atentamente en él, desnudándolo misteriosamente en la septembrina noche.

De repente, Antonio se sintió sacudido y vulnerable ante esa mirada, como si le hubiese penetrado todo su ser, justo en medio de esa ruidosa y sombría calle. Aquella situación lo hizo sentir endeble y le produjo una extraña mezcla de curiosidad y sospecha. Esas pupilas brillaban en la oscuridad y desde la distancia se mostraban perspicaces. Antonio pensó en los ojos, precisamente como puerta de entrada al deseo, a ese agujero negro indefinible e inaprensible, que moldea lo humano.

La conmoción interior y la inquietud generada por esa mirada lo pusieron nervioso. Todos en esa mesa eran ajenos a ese contacto visual agudo. Desde esa distancia que los separaba tuvo la sensación de percibir un guiño, como una señal metafísica, un acuerdo tácito que solo ellos dos suscribían silenciosamente. Revivieron las oleadas internas, el latido de su corazón cambió, era nuevamente el de un ser joven, audaz y lleno de vida. El encuentro era inminente, el cómo, no se había pactado aún.

Antonio, siempre tan sensible a las cosas a su alrededor, sintió un conflicto en ese hombre, una tensión que al mismo tiempo le imprimía emoción a la situación. La combinación de luces y sombras, más la gente alrededor, no le permitieron observar con detalle aquel rostro, pero algo familiar logró reconocer en él. El brillo de esos ojos le infundió una sensación de cercanía.

Ingresó de nuevo a la discoteca y permaneció solo por unos minutos en la barra, lejos de Francisco y sus amigos. Pidió un trago de *whiskey* mientras la ansiedad se apoderaba de él. Permaneció allí inmóvil, observando la centena de hombres que aún permanecían en ese sórdido lugar a la espera de un acontecimiento que no llegaba, de un deseo que no se colmaba y al que no le era suficiente la presencia del otro. Tomó un trago, luego otro, lentamente, mientras infinidad de imágenes y pensamientos pasaban por su cabeza. Algo quería emerger desde el fondo de su conciencia, desde las cuevas del olvido.

Como movido por un indicio divino salió nuevamente a la calle que a esas alturas de la noche permanecía abarrotada de gente. De inmediato observó la mesa y casi como si lo adivinara la encontró vacía. Ni aquel hombre, ni el grupo de personas que le acompañaban estaban allí. Su espíritu se derramó de a poco por sus cavidades y tuvo que respirar hondo para recuperar la lucidez.

Avanzó unos pasos más hacia un puesto de cigarrillos en el borde de la avenida, justo donde se encontraban los taxis esperando pasajeros, algunos de ellos con la doble intención de pescar alguno de los jóvenes que salían del club nocturno. Pensó por un momento que había perdido a aquel hombre, y que esos ojos penetrantes se habían escabullido hacia lugares desconocidos e indescifrables. Levantó su cabeza y se encontró con esa gran bóveda azul y estrellada sobre sí, luego, como si sobre él fuesen derramadas las revelaciones de los arcanos, giró levemente su rostro hacia la izquierda, y al fondo de la calle, sentado en el lindante de la acera, vio esa silueta sobrenatural cuya energía penetró hasta sus más íntimos filamentos celulares. Un calambre le subió desde la planta de sus pies hasta el cuello, pasando por la espalda en cuestión de milésimas de segundos. Como si el contorno de aquel sujeto estuviera dotado de una poderosa fuerza de atracción, sus pasos se dirigieron a él, constatando a cada pisada, a cada centímetro de cercanía, lo que ni en sus más recónditas fantasías hubiera alcanzado a concebir. Ese hombre de piel trigueña como dorada meticulosamente por los rayos de un sol cómplice, ojos profundamente negros, pómulos sobresalientes, nariz griega y labios delgados, era Alex, su guerrero del Olimpo. Antonio sintió cómo los latidos de su corazón se incrementaron desmesuradamente y un intenso vértigo hizo temblar el suelo que pisaba.

El tiempo lo había cambiado, desde la distancia no lo había podido reconocer, pero su mirada agreste y su expresión intrépida seguían inmutables. Ahora con barba, se realzaba aún más esa vigorosidad que lo caracterizaba. Estaba más corpulento y sus ojos resplandecían.

——Has cambiado, Antonio. —Sonrió con la mirada fija en su interlocutor.

——Tú también, eres otro... casi no te reconozco.

——Yo te reconocí de inmediato, desde el momento en que te vi ingresar a la discoteca.

Antonio trataba de entender rápidamente lo que estaba sucediendo, al mismo tiempo que el éxtasis más alevoso se derrapaba por todo su ser.

——¿Y tus amigos se fueron? —preguntó Antonio en un intento por entablar una conversación inicial y salir del letargo en el que estaba envuelto.

——Sí, se fueron para sus casas. Les dije que también iba a casa, pero regresé para esperarte.

Antonio permanecía de pie, iluminado de refilón por las lámparas de la avenida que perfilaban su hermosa silueta. Su rostro de ángel y cuerpo de bárbaro atraían las miradas de los desprevenidos transeúntes, que observaban esa efigie que sobresalía en la gélida noche.

——Bueno, después de tanto tiempo valió la pena que me esperaras para poder saludarnos.

——No me iba a ir así, sin poder mirarte de cerca y confirmar que eras tú.

——¿En serio?, y por qué razón.

——Razón, ninguna. Este es uno de esos asuntos que no pasa por la razón. Simplemente quise hacerlo, porque tal vez, en el fondo, siempre anhelé que pudiésemos estar así, como estamos ahora.

Antonio trató de que no se notara en su rostro las ráfagas de emociones y pensamientos que secuestraban su interior. Deseó amar a ese hombre con todo su cuerpo, con todo su ser, justo allí, en esa calle plagada de avisos luminosos y notas musicales que se confundían entre sí. Pero una voz en su conciencia le pedía cautela.

Conversaron en la acera, observando a quienes se retiraban de los diferentes clubes nocturnos del sector. La noche que cuadro a cuadro se convertía en madrugada, fue el telón de fondo de un encuentro inesperado y enigmático. Antonio sintió el fragor de la pasión brotar de sus resquicios. El deseo lo poseía y trataba inútilmente de mantener sus sentimientos al margen. Era una especie de juego peligroso que le generaba toda una serie de emociones indomables, era como un veneno exquisito.

Quiso indagar más a fondo por la vida de su antiguo compañero de colegio de quien no había tenido noticias, pero de inmediato y con sutiles bromas y decisivos silencios, Alex puso un muro de contención entre ambos. Antonio lo percibió y cambió el ritmo de la conversación. Observó con detalle ese cabello castaño oscuro que brillaba en la oscuridad y su amplio cuello como una ruta despejada hacia su hermoso pecho donde reposaba una cadena de oro, como un sello indeleble que remarcaba su existencia. Tomaron un par de cervezas y dialogaron sobre asuntos triviales, hasta que, de repente, Alex cambió el tono de la conversación.

——Sigues siendo el mismo, Antonio, aunque veo que has trabajado tu cuerpo. Te ves muy bien.

——En cambio, tú has cambiado mucho, menos en algunos detalles.

——¿Ah sí? Cómo en cuales.

Antonio respondió sin rodeos y dispuesto a todo.

——Tu nariz, tus ojos y tu sonrisa maliciosa siguen siendo las mismas que conocí cuando estábamos en el colegio. Nunca olvidé tu rostro.

Se sostuvieron dubitativamente la mirada por un par de segundos. Un brillo diferente apareció en los ojos de Alex.

——Me gusta verte, Antonio.

——A mí también me gusta verte.

——Hace días te vi cerca de mi casa y me sorprendí mucho cuando te reconocí.

——¿y eso?

——Me sorprendió ver lo bien que te han puesto los años.

Una tenue sonrisa se dibujó en el rostro de Antonio.

——Ahora que te veo, pienso exactamente lo mismo de ti.

Alex expelió una risotada acompañada de una expresión sarcástica.

——¡No, qué va! A mí me ha pegado duro el trajín de mi vida.

——Yo te veo bien.

——¡No tan hermoso como tú!

Hubo un breve silencio. Alex bajó la mirada, y los ojos de Antonio auscultaban su rostro tratando de descifrar lo que acababa de escuchar. Nuevamente, Alex levantó la mirada descubriendo la expresión atónita de Antonio.

——No entiendo nada... acaso tú...

——No preguntes nada Antonio.

——Apareces de la nada, me dices lo que me dices y esperas que no te haga preguntas.

——Sí, eso espero.

Entonces, Alex deslizó su mano secretamente debajo de la chaqueta que Antonio tenía sobre sus muslos y tomó su mano con cariño, la frotó suavemente mientras lo observaba.

—Siempre me gustaste desde que estabas en el colegio —precisó Alex—, pero no podía pasar nada porque mi camino era otro muy diferente.

—¿Entonces... siempre...?

—Sí, Antonio, siempre...

En las pupilas de Antonio se dibujó la luna, se reflejaron las estrellas, se introdujo a la velocidad de la luz todo el universo contenido en esos pequeños puntos color marrón. Se observaron en silencio, al tiempo que intercalaban miradas a la nada, como si no existiesen palabras ni en los más antiguos dialectos para expresar lo que ambos estaban sintiendo.

Mientras la noche transcurría e iban rompiendo el hielo que la distancia y el paso de los años habían endurecido, recordaron tiempos pasados, hablaron de viejos compañeros de colegio, de anécdotas, de algunos asuntos actuales, de sus trabajos. Conversaron como dos amigos de siempre después de un tardío reencuentro, con la diferencia de que el deseo mutuo los atravesaba a ambos.

—¿Recuerdas aquel beso que nos dimos en tu casa? —expresó Antonio.

—Sí, como olvidarlo. Ese beso movió algo en mí que hasta ese día no conocía y que tú me enseñaste, pero que tardé en reconocer.

—Aún conservo el sabor de tus labios. Cada vez que beso a alguien recuerdo ese beso.

—Me parece que exageras —repuso Alex sonriendo.

—Te digo la verdad, por qué habría de exagerar.

—Me alegra saber que signifiqué tanto para ti.

Antonio se sintió vulnerable, una alegría repentina y desmedida invadió su corazón. Tras unos minutos conversando en la acera, le propuso a Alex que fuera a su apartamento, este respondió afirmativamente después de meditarlo unos segundos. Caminaron en busca de un taxi. El brillo de las luces se posaba sobre sus contornos como resaltando aquel encuentro que sacaba a dos seres de las sombras. La madrugada trajo consigo un frío inusual, acompañado de una leve niebla que se extendió por buena parte de la ciudad. El soplo de un viento fresco acarició el rostro de ambos hombres que, por una casualidad y un capricho del destino, se unían aquella noche de septiembre. Ya en el auto, intercambiaron miradas, sonrisas, dudas.

Entre sábanas blancas, la pasión, el desfogue y el erotismo, guiaron dos cuerpos habitados por almas contrariadas, espíritus cercanos y distantes al mismo tiempo, cuyo encuentro en la infinitud del tiempo se selló al compás de la voluptuosidad y la vigorosidad que dos hombres otorgan. El entrelazamiento de sus pasiones secretas estuvo marcado por un silencio cómplice, las miradas fueron el lenguaje que acordaron mientras hacían el amor.

Antonio sucumbió ante tal vitalidad, se dejó llevar por el sendero del delirio de la mano del objeto de sus fantasías. Exploraron juntos los espacios más recónditos de sus pieles, entregándose ciegamente al designio del otro. Los torsos húmedos encontraron refugio en sus intimidades. Dos historias diferentes se entrelazaban a través del tacto. Después del clímax mutuo, el silencio de la madrugada y el azul profundo del cielo los abrigó en un sueño reparador.

Los primeros rayos del sol penetraron bruscamente por las persianas color marrón de la habitación. El frío de las primeras horas de la mañana contrastaba con un cielo luminoso, cuya claridad dominaba el amplio valle. El celular de Alex vibró repetidamente, irrumpiendo en la silenciosa aurora. Ambos cuerpos se movieron perezosamente entre las sábanas y al girar se encontraron de frente. Hubo un par de miradas ajenas, seguidas de una leve incomodidad y cierta circunspección.

El teléfono de Alex siguió vibrando con mayor ímpetu, este se incorporó con un gesto de queja y lo tomó para contestar. Una voz de mujer se escuchó de fondo, interrogativa e inquisidora. Este respondió de manera concreta, con breves interlocuciones evasivas. Antonio confirmó sus sospechas, su intuición le había pedido cautela y ahora corroboraba las razones. Quiso interpelarlo, pero sintió que no debía asumir un papel que no le correspondía.

Alex tomó sus prendas y se vistió rápidamente sin mediar muchas palabras. Una fugaz mirada acompañada de un guiño y un escueto adiós fueron la antesala del sonido seco de la puerta que se cerró y conmocionó el corazón de Antonio. Acto seguido, experimentó un vacío infinito y una sensación de un ardor pasional que se extinguía con cada minuto que transcurría. La partida de esa figura masculina y vital dejaba un agujero hondo en sus entrañas. Su partida en silencio era menos ruin que la pasión descarada con que lo había amado durante esa madrugada en que el destino cometió herejía.

La tarde del domingo se vio sacudido por una avalancha de pensamientos. Se había reabierto una herida que creía sanada y, nuevamente, un vacío se apoderaba de todo su ser. La noche anterior pudo amar como nunca en su vida lo había hecho, su corazón palpitó al unísono con el de aquel hombre a quien deseaba desde su temprana adolescencia y, de repente, se encontraba nuevamente solo, debatiéndose en un sentimiento agridulce por el tibio recuerdo de ese cuerpo ardiente encima del suyo y por su partida sin más, sin explicaciones ni pistas sobre el futuro inmediato. No entendía ni el cómo ni el porqué de lo sucedido, mucho menos lo que vendría después. Lo cierto es que no tenía la manera de contactarlo ni de ubicarlo, pues obnubilado por la situación inesperada, no tuvo tiempo de pedirle su número de teléfono.

La noche siguiente, logró conciliar el sueño un par de horas, revivió en su mente cada detalle, desde que se sintió observado en aquel bar, las palabras que intercambiaron en aquella acera desierta, hasta los impetuosos besos que se dieron mientras se abrazaban el uno al otro, rozando sus cuerpos y sintiendo las vibraciones de sus absortos corazones. En esa noche de insomnio evocó aquel beso fugaz de la época escolar. Dio vueltas en su cama, abrazando las sábanas que horas antes arroparon el voluminoso cuerpo del guerrero Ares, que emergió de los abismos más recónditos de su vida. Recordó ese fatídico día del partido de fútbol en el que fue increpado por sus compañeros y Alex salió en su defensa, todos esos recuerdos lo conmovían profundamente, al tiempo que confundían su abstraída conciencia. El olor de ese cuerpo anhelado había copado todo su sistema límbico y las hendiduras más ocultas de su mente. Alex estaba en todo su ser y eso le producía regocijo e infelicidad al mismo tiempo.

Se levantó en la madrugada para tomar un poco de agua. Sus ojos no le concederían por esa noche el don del sueño profundo.

Al poner su pie descubierto en la baldosa, sintió algo diminuto y frío en la planta que le tallaba. Encendió la lámpara y se inclinó para palpar el extraño objeto al pie de la cama, era una cadena de oro. Antonio evocó de inmediato, aquel día en que lo vio por primera vez a la entrada del colegio, luciendo esa cadena brillante que resplandecía sobre su pecho. La tomó y dejó que se desparramara sobre la palma de su mano, sintiendo una conmoción en su interior y un frío interno que terminó en un desafinado retorcijón en su estómago. Tomó sus lentes y la observó de cerca. El dije tenía tallado por un lado el dibujo del signo zodiacal Aries y por el otro lado, el nombre de Alex. De inmediato, quiso salir corriendo a buscarlo, sintió tristeza y melancolía. Le llegó un cúmulo de emociones simultáneas, apretó la cadena contra su pecho y pudo sentirlo muy cerca. Se quedó sentado al borde de la cama por unos minutos con los ojos cerrados, pensando en lo que fue, lo que no fue y lo que podría o no podría ser. En su interior sollozaba como un niño que ha perdido lo que más ama, sintió sucumbir ante la nostalgia y la desesperación.

Guardó la cadena en la mesa de noche y buscó su celular con la sombría ilusión de recibir algún mensaje de su parte, a lo sumo, una señal divina que devolviera la tranquilidad a su alma. Pero la realidad se hacía presente con un silencio infinito, como si la nada hubiese abierto sus brazos para abrigar todo a su alrededor.

Al día siguiente, trabajó con una mezcolanza de emociones que lo llevaban de la gloria al infierno en cuestión de segundos. Se refugió en el recuerdo de esa noche y allí se ancló para poder sobrevivir a los días siguientes, sin saber si tendría la oportunidad de ver nuevamente a su hombre amado. Observar su celular a cada minuto se volvió una obsesión, pero él mismo pensaba que Alex no tendría forma de saber su número y que incluso si lo supiera, no lo llamaría.

Una noche, mientras preparaba su cena, sonó el citófono y Antonio, sobresaltado por un presagio divino, corrió a contestar, esperando escuchar aquella voz majestuosa que aún resonaba en su mente. Se trataba de alguien que averiguaba por un apartamento vecino que estaba en arriendo. La ansiedad se apoderaba de su ser y le jugaba malas pasadas, sumiéndolo en una sensación de frustración y a veces delirio.

Semanas después del encuentro, Antonio planeó regresar al lugar donde se reencontraron con la ilusión de verlo allí de nuevo. Llegó hasta el sitio y el solo hecho de observar el bar colmado de gente le produjo cierta conmoción. Con su mente lo dibujó allí y fantaseó con el momento del reciente encuentro, desplegándose en su interior un cúmulo de emociones.

Se acercó con cautela, husmeando en el interior, sin perder detalle de movimiento alguno. Compró una cerveza y se puso a beberla en el borde de un escalón aledaño, para luego darse cuenta de que su visita había sido en vano, pues no había rastro de Alex por ningún lado. Esa noche lo devolvió a su realidad, a esa en la que se encontraba inexorablemente solo. Observó cómo al bar contiguo empezaban a llegar en grupos, los hombres que se disponían a vivir una noche de juerga. Se sintió ajeno a ese ambiente que ya le parecía un capítulo repetido de una aburrida serie televisiva. Permaneció allí un rato más, sentado, mirando a la nada y bebiendo su lata de cerveza importada, aceptando su derrota, resignándose a permanecer con las manos vacías y el corazón arrugado.

Entre los hombres que ingresaban a la discoteca alcanzó a reconocer a Francisco, con quien justo había estado allí quince días atrás. Estaba con un chico diferente en esta ocasión y Antonio no se extrañó. Pensó en ir a saludarlo, pero sabía que luego lo presionaría para quedarse un rato largo en la discoteca con él, cosa que precisamente no quería hacer. Se sintió demasiado fuera de lugar, siquiera para considerar entrar a aquel sórdido lugar, y tomó un taxi. Meditabundo, observó la ciudad por las ventanas del vehículo, vio cómo las calles las iban ocupando seres noctámbulos en busca de placer y diversión, mientras él buscaba en el fondo de su corazón mil razones para mantenerse vivo y con esperanza.

Los días y las noches pasaron sin noticias, sin un indicio, y sembraron la desilusión en un espíritu abatido. Lo veía en otros hombres, tropezaba con su sombra, perseguía su figura ficticia en oscuras calles sin destino alguno, lo pensaba y lo soñaba a cada instante, cada día. Su olor lo perseguía como un sedoso aroma prohibido que danzaba a su alrededor para seducirlo y luego someterlo al dolor de la ausencia. Las horas transcurrían sin tiempo, una gris y pesada niebla se posó sobre su ser y le dificultaba fluir ligero por la vida.

Empezó a usar la cadena de oro como un amuleto del amor exiliado, de un deseo bebido a goteras. Si bien, la herida era profunda, su tribulación se hacía más tormentosa por el hecho de no poder compartir su aflicción con nadie. No había alguien en el mundo que pudiera comprender su desconsuelo y si acaso existiera, Antonio no hubiese encontrado las palabras precisas para describirlo, como si el amor sobrepasara las fronteras del lenguaje.

La vida se le redujo a solo levantarse para ir a trabajar, anhelando la hora del regreso a su hogar para tumbarse en su cama a llorar. Cumplía con lo necesario, lo básico para sobrellevar una existencia solitaria, trataba de ocultar su abatimiento, pero el cuerpo y, sobre todo el rostro, empezaban a arrojar señales de una desazón, cuyo punto de partida era el corazón y se expandía lentamente como un veneno letal por todos los rincones de su ser, incluidos aquellos que ni él el mismo conocía.

Su rostro tomó un aspecto taciturno. Cuando hablaba con alguien, su mirada se dirigía casi de inmediato al suelo en un intento desesperado por no ser notado. Ya no había máscara alguna que se pudiera amoldar a tal dolor. Se sintió burlado y despreciado por la vida, quiso desafiar al sol, a la luna, a las estrellas, al universo mismo. Cada sollozo de desesperación era un latigazo auto infligido, en un espíritu que ya no tenía más espacio para albergar la pena.

Se internó en las profundidades de la selva amazónica para distanciarse del mundo. Sería la primera Navidad que pasaría lejos de su familia. El sentido que antes le había otorgado al mundo y a su vida, se fue esfumando de a poco.

Arribó a la ciudad de Leticia con unas cuantas pertenencias. Nunca pensó en viajar a lugar alguno con lo meramente indispensable. Sintió temor, pero estaba investido de una determinación que le era poco habitual. Recordó su tiempo en el servicio militar y lo que allí aprendió de la vida. En sus evocaciones estaban los momentos amargos que allí vivió y la crueldad de muchos de sus compañeros hacia él. Trató de dirimir sabiamente las emociones que esos recuerdos producían en él. A la mañana siguiente, avanzó hacia las profundidades de la Amazonía peruana, con un guía y un grupo de cinco personas, navegando durante varios días, observando en silencio las guacamayas, los monos araña que saltaban entre las ramas, los micos que los observaban desde las copas de los árboles, y los pirarucus, que apenas se alcanzaban a vislumbrar en las aguas turbias de un río que tenía su propia voz y que hacía eco en toda la selva.

El calor y la humedad eran insoportables en la pequeña aldea a la que arribaron al borde del río. Un grupo de niños descalzos y con pocas prendas que los cubrían, se acercaron amistosamente y observaron en Antonio unos ojos tristes y lejanos. Una de las pequeñas tendió su mano y lo guió hasta una cabaña flotante que se convertiría en su refugio por tres días, tiempo en el que se propuso sanar su corazón y refugiarse en la madre selva para que lo ayudase a curar su mal de amor.

La primera noche en la reserva Marasha fue agotadora. Al bochorno y la humedad, se sumaron las constantes picaduras de mosquitos e insectos que no tuvieron piedad con Antonio. Sintió un pánico atroz y pensó en que no tenía lugar a donde ir, que ese era el refugio que había escogido para tramitar su dolor, pero acaso la cura era peor que la enfermedad. Su corazón se quiso salir de su cavidad y su respiración se aceleró de tal modo que debió sentarse por unos minutos y buscar aire fresco en una de las improvisadas ventanas de la cabaña que estaba cubierta con un toldillo. La oscuridad de la selva era lo único que podía divisar y lo único que podía amancillar su horror. Miró hacia arriba y vio un enjambre de estrellas colgadas del cielo, las observó en un infinito silencio que solo era ocasionalmente interrumpido por el sonido de las cigarras. Luego, salidas de la nada, un grupo de luciérnagas dibujó figuras de luz, como si se hubiesen puesto de acuerdo con la selva, para ofrecerle al atribulado hombre una danza que apaciguara su pena. Antonio se dejó llevar y su mente danzó al ritmo de los cucuyos y el canto de las cigarras. Una paz repentina se derramó en todo su ser y el sueño lo abrazó tan profundamente, que al otro día lo tuvieron que despertar con el olor de un caldo de gallina para retomar fuerza y preparar al cuerpo para internarse en la selva, e iniciar una expedición hasta el río Yanayacu, denominado popularmente como el río de la desolación.

Guacamayos y pericos sobrevolaron cerca del grupo de expedicionarios durante algunos tramos hacia el río. Antonio se detuvo a observarlos y cada contacto con los animales y la naturaleza lo llenaba de fortaleza y gratitud por la vida. A algunos les asignó nombres y los contempló con tal detalle, que estuvo seguro de reconocerlos si nuevamente se topaba con ellos. Al más grande, colorido y voluminoso de los guacamayos macaos lo bautizó con el nombre de Alex, y lo observó mientras sobrevolaba la porción de selva que sus ojos alcanzaban a vislumbrar.

Durante el camino se entregó al fluir etéreo de la vida, de las cosas, se dejó tomar de la mano por la selva y sintió los espíritus ancestrales acariciar su cabeza, susurrarle al oído y besar su rostro. Le hablaban de amor, de perdón y olvido. Pero más adelante sintió otros, burleteros y saboteadores, que le dibujaban el nombre de Alex en su espalda, le pronunciaban su nombre descaradamente por medio del canto de los pájaros. Escuchó impávido, no se dejó perturbar y avanzó serenamente dominando sus fantasmas.

Descansaron en una monumental ceiba y abrieron sus fiambres envueltos en hojas de biao. Una pareja de esposos se besuqueaba, y hacían todo como si fueran uno solo; Tanta melosería le ocasionaba a Antonio un poco de fastidio. Pero luego, durante el reposo en la ceiba, le pareció que ambos eran la representación de un amor real, ese que le había sido tan esquivo, que veía tan lejano y que difícilmente lograría en sus circunstancias actuales. Tal vez su irritación con tales escenas era consecuencia de tener ante sus ojos algo que él no había podido obtener hasta ese momento. Comprendió que eran sus propios mecanismos inconscientes los que lo alejaban de ello y que la imagen de Alex se atravesaba de nuevo en su vida para complicar aún más las cosas.

El grupo se preparó para retomar el camino al corazón de la selva. Antonio reposó un poco más a la sombra de la gigante Ceiba. Sintió un aleteo pesado sobre sí y observó al guacamayo colorido —ese que había bautizado con el nombre de Alex—, posarse muy cerca de su humanidad. Estaba seguro de que era el mismo que minutos antes había visto. Desde arriba, el animal lo observó fijamente, viraba su cabeza con finos y agudos movimientos mientras un sobresaltado Antonio lo detallaba con su cabeza inclinada hacia arriba. Se miraron por unos segundos sin perderse de vista y el guacamayo agitó sus alas con fuerza y emprendió su vuelo. Antonio lo observó mientras sonreía y se despedía del ave.

A lo lejos escuchó que gritaban su nombre

—¡No te quedes hombre, que te pierdes y luego no te encontramos!

Se puso de pie y retomó su camino. Tres horas después, arribaron a una aldea rudimentaria habitada por seres que parecían de otro tiempo. El guía, que hablaba su dialecto, recibió algunas indicaciones de dos hombres adultos de la comunidad. Luego, el grupo fue dirigido a donde estaba el chamán para realizar el ritual de desapego y renovación que se había programado específicamente para el grupo de viajeros.

Llegaron a la construcción más grande de la aldea, hecha en madera, palma y bejuco. El chamán encendió una hoguera y esparció diferentes plantas alrededor, en tanto que emitía con suavidad ícaros sagrados invocando al elemental de la ayahuasca, y derramó unas gotas sobre los asistentes mientras pronunciaba unas palabras en su dialecto. Pasados unos minutos, dio de beber la ayahuasca a cada uno. Antonio la tomó sin parpadear, tan rápido como pudo y sin pensar en su textura, olor o sabor. Media hora después, vomitó incesantemente mientras sudaba de manera excesiva, debido a la combinación de los efectos de la bebida, la hoguera y el calor insoportable de la noche selvática.

No recordó el momento en que dejó de vomitar; solo un fluir ligero en algún lugar del universo, y de repente, luces y movimientos multicolores lo envolvieron mientras flotaba en el interior de la maloca. Se observó desde arriba desplomado y botando un hilo de babaza, sintió pena de sí mismo. De pronto, una voz lo guio hacia afuera, y percibió el corazón de la selva latir, vibrar en sus entrañas. Voló junto a los guacamayos. La noche se había ido en un dos por tres. Llegó al río y danzó con los espíritus, se desnudó y miró su reflejo que, de pronto, era cristalino. Sintió a la ninfa Eco seduciéndolo y tuvo miedo de ver su reflejo en el agua. Miró a su alrededor y se encontró con la imagen del hombre amado, sentado en una piedra, justo en la otra orilla. Se acercó, fluyendo con el río y cuando lo fue a tomar en sus brazos, la figura se alejó unos metros más. La ninfa Eco gritó su nombre y resonó en las profundidades de la selva. Observó la figura de Alex y a medida que se acercaba, él se alejaba. Lo detalló en su silencio, abatido, cabizbajo y supo que sufría. Su silueta no se reflejaba en el agua, su alma estaba eclipsada por un sentimiento que lo superaba. Alex estaba allí, visitándolo en su trance. Permaneció callado con la mirada inmóvil, meditabundo. Antonio tomó vuelo y lo rodeó. Esta vez no se inmutó ante su cercanía, lo abrazó por detrás y besó su mejilla, sintió su piel y percibió cómo levantó la mirada. La selva le reveló la lejanía de ese espíritu acongojado que permanecía distante y ajeno.

Pudo advertir en ese momento, que era Alex quien más lo necesitaba, y no a la inversa, como lo había creído hasta ahora. Antonio bajó su vista hacia el río y vio solo su reflejo, pero no el de Alex, había allí un alma vacía; sintió una tristeza infinita que le entregó a Yacuruna, el espíritu mágico de la selva que lo vigiló de cerca durante su trance. Yacuruna tomó esa tristeza y bajó a las profundidades para enterrarla en el fondo del río. Los guacamayos sobrevolaron sobre las dos figuras humanas y Antonio se despidió; una progresiva oscuridad rodeó todo cuanto observaba.

Antonio dormitó casi un día completo. La experiencia metafísica sumada al agotamiento corporal y emocional lo dejaron exhausto. Despertó al final de la tarde y tomó un té de yerbas nativas, que le ofreció uno de los aborígenes para recobrar la conciencia. El sabor amargo de la bebida removió sus entrañas. Se sintió liviano y poco a poco fue recuperando su vitalidad acompañada de un regocijo interior. Comprendió que lo único que debía cerrar y sanar en su corazón era el ciclo de angustia y sufrimiento y tuvo la convicción de que Alex haría presencia nuevamente en su vida. Esa noche dormitó plácidamente, y tanto su cuerpo como su alma restauraban su energía.

Regresaron antes del mediodía a Marasha donde el grupo pasaría el último día de expedición. Leyó algunos cuentos tradicionales y permaneció alejado durante el resto del día, dejando que hablara el alma de las cosas. A la mañana siguiente iniciaron su retorno hacia Leticia donde Antonio permaneció un par de día más dedicado a la lectura y el descanso, así como a recorrer los alrededores de la ciudad. Se dejó seducir por aquel ritmo de vida apacible y anheló eventualmente, poder vivir allí lejos del ritmo frenético y despiadado de Medellín.

De regreso a casa, retomó la cotidianidad de sus días. Se dedicó con especial interés al estudio de algunos textos filosóficos y sus planteamientos sobre el amor y el deseo. Quiso dialogar en silencio con los sabios y comprender esa llama quimérica que lo había poseído. Los días de enero fueron tan tranquilos como anodinos. Disfrutó de las tardes llenas de sol y flores. Visitó algunos parques y se sentó a leer sin pensar en el tiempo.

Febrero empezaría con una inusitada sorpresa. Un mensaje de voz de un número privado se notificaba en la pantalla de su celular. Escuchó esa voz ingrávida y áspera pronunciar su nombre: «Quiero verte mañana en el parque B a las 5:30 p.m. te espero». Su corazón se conmovió, pero no como antes. Sintió vibrar todo su cuerpo, pero a otro ritmo, la melodía del amor tocaba a otra escala. Sabía que era un llamado desesperado, lo notó a pesar del tono neutral de aquella voz que parecía dar una indicación a un cualquiera, menos a un ser deseado. En aquel témpano de hielo se ocultaba una base que ardía en llamas.

El día del encuentro, Antonio envolvió la cadena de oro en un pañuelo de terciopelo que aún no había usado y lo ató con una pequeña cintilla. Fue moderado en todo. No se excedió en su apariencia, ni en sus gestos, ni en las palabras. Quiso mostrarse tal cómo era. Su actitud también fue prudente a pesar de las corrientes de pasión y deseo que esporádicamente se encendían en su corazón. La noche anterior, preparó un breve relato sobre el amor, donde recalcaba las bondades de un sentimiento tan necesario como indómito. Planteaba en ese breve escrito, que el amor supera todas las barreras impuestas por los humanos, como un sentimiento que trasciende el miedo y el dolor, pero también debe ser comprendido como una oportunidad para la realización y la felicidad, por lo que debía ser compartido con alguien que estuviese dispuesto a superar cualquier obstáculo. Plasmó también algunas reflexiones sobre otros sentimientos como la pasión y el deseo como derivados del amor y enfatizó en su validez al punto de no reñir con el amor. Cerró con una breve línea que decía: «Te amaré o te desearé, como tú quieras y como yo quiera, ¿por qué no?». E introdujo la hoja enrollada en el pañuelo.

Sentado en el parque estaba Alex, esperándolo con la mirada diluida en el grisáceo paisaje, en una pose que parecía la de un monje tibetano, alcanzando el nirvana. Antonio lo observó de lejos y le evocó la visión que tuvo durante su trance en el Amazonas. Avanzó unos pasos y se sentó a su lado. Ambos se miraron en silencio y se sonrieron de manera cómplice. Antonio le entregó el pañuelo y Alex preguntó:

——¿Qué es?

——Algo tuyo.

Lo abrió y en su rostro se dibujó una expresión de sorpresa seguida de un suspiro.

——Pensé que la había perdido en otra parte.

——No... la encontré al pie de mi cama.

——¿Y este papel... qué es?

——Léelo en otro momento, por favor.

——Pero dime de qué se trata.

——Es solo algo que quise escribir y compartir contigo.

——Está bien, lo leeré en la noche.

Con su mano temblorosa e inquieta guardó la hoja en el bolsillo de su chaqueta y tomó el pañuelo, sacó la cadena, la empuñó por unos instantes y se la entregó a Antonio.

——Quédatela.

——Antonio la recibió y la apretó en su mano.

Alex sostenía aún en el pañuelo.

——¿Por qué?

——Porque quiero que algo nos una.

——Ya nos une esto que no sabemos qué es.

——No importa, quiero que conserves algo mío; yo me quedaré con el pañuelo.

Fueron hasta un café cercano, y las palabras fueron aflorando como movidas por fuerzas invisibles. Esos otros que habitaban a cada uno, emergieron en pedazos de frases que revelaban las tramas ocultas de sus constreñidos espíritus. Los rostros asumieron un semblante sensato y sincero, se miraban a los ojos con la confianza que la distancia les había negado.

Alex fue quien más habló, empezó por contar que su padre había fallecido hacía dos años y que él había quedado a cargo de la hacienda La Gracia, además de los negocios de la familia y el cuidado de su madre y hermana, quien estaba próxima a casarse. Luego confesó con voz abatida, que no había fallecido por causas naturales, si no que fue asesinado por grupos al servicio de esmeralderos del nordeste de Antioquia.

Antonio percibió un abatimiento interno tras esa máscara de seguridad y determinación que Alex esgrimía siempre que se dirigía a otros. Le contó que había iniciado la carrera de Derecho, pero por asuntos del trabajo debió abandonarla en el sexto semestre, sin embargo, en otra universidad le ofrecieron el título a cambio de realizar unos exámenes supletorios que tuvo que pagar a un alto costo. Incursionó en la política y llegó a ser concejal por tres periodos de un municipio alejado. Aspiró a la Asamblea Departamental, pero no logró su objetivo, pues las relaciones de su padre con algunos caciques políticos del departamento se habían deteriorado debido a sus cuestionables negocios y el riesgo que esto representaba para la imagen púbica de ellos. Antonio escuchó en silencio, fue su confidente durante esa tarde, se conmovió por sus historias, no lo presionó con preguntas incómodas ni lo cuestionó con comentarios azarosos.

——Estoy casado hace siete años y tengo dos hijos.

Hubo un silencio y miradas; luego, los ojos de Alex se clavaron en el piso como si meditara sobre su vida.

—Estoy seguro de que es una hermosa familia.

Alex sonrió con una mezcla de desgano e ironía.

—Creo que sí. Ellos saldrán de viaje por un par de meses a Los Ángeles a visitar a mis suegros.

——¿Por qué no vas?

——Los negocios.

——Entiendo...

Caminaron por los senderos aledaños al parque y recordaron las épocas del colegio. Se rieron con las anécdotas y las historias que revivían en diferentes versiones, según quien las relataba. Evocaron los partidos de fútbol y el día en que Antonio fue retirado del equipo por su mal desempeño. Antonio no pudo evitar ruborizarse y justificar su mala actuación. Se rieron y suspiraron, añorando los viejos tiempos. Hubo un breve silencio y Alex retomó su actitud meditabunda.

—Quiero que la próxima semana me acompañes a La Gracia.

La inesperada propuesta irrumpió como una llamarada sin control en el corazón de Antonio. El ardor pasional encauzado por los bordes inquebrantables de la razón, de pronto se derrapaba voluminosamente por todos sus sentidos. Quiso decir que no, pero su deseo ya se había doblegado ante la indecorosa propuesta. ¿Había acaso alguna posibilidad de negarse a tal proposición?

——¿Estás seguro?

——Absolutamente.

——Está bien, pero no quiero que tengas problemas por eso, mucho menos quiero tenerlos yo.

——No te preocupes, lo tengo todo bajo control —respondió Alex con firmeza. Con esa voz de capataz que le infundía cierta autoridad encubierta.

Esas palabras le revelaron a Antonio el ser oscuro que se ocultaba en Alex, ese ser indómito e ingobernable que lo dominaba. Se preguntaba cómo podía amar y desear a alguien con tales características.

Te recojo en el parque C, el próximo sábado a las dos de la tarde.

——Vale, allí estaré.

Sin más, su encuentro se esfumó de a poco entre diálogos pueriles y protocolarios. Un apretón de manos y un lánguido abrazo sellaron su efímera confluencia que tendría su continuidad una semana después en la hacienda La Gracia.

En el pasado, los sábados habían albergado para Antonio una especie de magia que con el transcurrir de los años se había ido perdiendo poco a poco. Pero ese sábado en el que se encontraría con Alex, el día estaba más iluminado que nunca y parecía más alegre que de costumbre. Se sentía tan cómodo y ligero, que decidió usar una sudadera deportiva y una camiseta de manga corta color azul para su cita. Empacó ropa en una bolsa de tela para el fin de semana, un libro, artículos de aseo y un par de pantalonetas de baño.

Llegó al parque C, con el entusiasmo de un nuevo encuentro romántico, a pesar de saber en el fondo, que se trataba de un sentimiento engañoso. Sin embargo, algo dentro de sí, como un impulso de muerte, lo empujaba a ese vacío insondable de forma vertiginosa. Los restaurantes y locales en rededor estaban colmados de gente, que aprovechaba el día para salir con sus familias, amigos o para un plan de novios. La modernidad líquida tenía establecido un fino esquema de entretenimiento para la sociedad cuya trampa final era el consumo desaforado. Emergían en cantidades descomunales los centros comerciales, los restaurantes, las tiendas de moda y resistían en medio de las dificultades, los centros literarios y culturales, los espacios para las artes y las expresiones más liberales del ser humano. De pronto, se dio cuenta de que estaba sudando a borbotones y una sensación de sofoco le interrumpió su inerme delirio. Sacó un pañuelo y se retiró el sudor del rostro y el cuello y lo introdujo en el interior de la camiseta para secar su pecho. «Qué raro», pensó, no sabía bien si era el bochorno de la ciudad o una jugada malévola de los años que hacían de cualquier emoción desmedida, un cúmulo de síntomas físicos que le recordaban de manera continua que ya no era tan joven y que debía empezar a tributar inocentemente, un pago por aquellas emociones propias de otros tiempos.

Se sentó en un deteriorado banco del parque junto a un muro lleno de grafitis, detrás del cual unos jóvenes hacían toda una serie de piruetas en patinetas. Los vio volar por los aires con una despreocupación descarada, que envidiaba, parecían sombras que levitaban a sus espaldas, espíritus bribones que le mostraban el arrebato de una verdadera libertad, esa que en algún momento de su vida él había perdido y no sabía cómo.

Miró su celular, revisó sus redes sociales donde solo encontraba un lugar común para todo, debates y conversaciones llenas de odio, la búsqueda incesante de enemigos, nada nuevo ni poseedor de un sentido que apaciguara su alma en los días de la nada. Solo se conmovió al dirigir su mirada al fondo y ver un cámbulo lleno de flores color naranja que lo estremeció y lo llenó de nostalgia. Cubiertas por el imponente árbol, cuatro chicas recogían apresuradamente el mantel y canastas del improvisado *picnic* para refugiarse de las primeras gotas de lluvia que empezaban a derramarse sobre el parque. Antonio estaba tan inmerso en sus pensamientos que ni los goterones lo impulsaron a moverse del banco.

Una gran nube gris campeaba sobre el sector y opacaba lo que hasta ese momento era un iluminado sábado de verano. Tras la montaña en el costado occidental del parque aún se asomaban tímidos los rayos del sol, que, al refractarse en las gotas de lluvia, formaron un arcoíris que circundó las colinas que enmarcaban el paisaje, en tanto que en el interior de Antonio la incertidumbre se convertía en entusiasmo y luego en duda y luego en optimismo, como una montaña rusa cuya ruta ensortijada nunca termina.

Observó una camioneta blanca que se detuvo justo donde estaba el cámbulo. Al instante, el vidrio del conductor se bajó para dejar ver el impasible rostro de Alex, que lo buscó a lado y lado con la mirada. Cuando lo ubicó, Antonio se puso de pie y ambos compartieron una ligera sonrisa. Se subió empapado al vehículo y se cambió la camiseta. Alex se quedó observando su torso y le puso la mano en el abdomen y lo frotó un par de veces. Antonio vibró con el contacto al punto de querer entregarse en cuerpo y alma en ese momento. Controló su ímpetu, y se puso rápidamente la camiseta.

En el camino de salida pasaron justo por la entrada posterior del colegio, donde se conocieron, ese lugar donde Antonio lo vio por primera vez y donde su corazón quedó atrapado en ese brioso reflejo de humanidad. Le pareció extraño que hubiese tomado esa ruta, pero al ver la inmutabilidad de su rostro, omitió hacer algún comentario. Pensó que era una de esas casualidades con que el destino juega con cada persona al azar, o que tal vez, era una artimaña del inconsciente.

Fueron cuatro horas de viaje entre verdores, quebradas, ríos y paisajes áridos y rojizos, muchos de los cuales, denotaban las prácticas extractivas a su alrededor. En algunos parajes desiertos observó las casas que parecían rústicas chozas aisladas del mundo, del desarrollo y de todo, unos habitáculos de un mundo paralelo al borde de la carretera, que pasaban inadvertidas por la mayoría de los viajeros. Vio algunas figuras que transitaban como abandonadas a su suerte bajo el inconmensurable calor del Magdalena Medio. Sintió un vacío en su corazón. Durante el trayecto, hablaron de asuntos vacuos, pero fueron más los silencios que los momentos de diálogo entre ambos. Antonio quiso tomar la mano de Alex durante algunos momentos, pero algo en él se lo cohibía, no sabía cómo iba a reaccionar su compañero de viaje y aún no sentía plena confianza para hacerlo de modo tan espontáneo. Alex seguía siendo todo un enigma para él, una caja fuerte sellada con una clave inaccesible de sentimientos repentinos e indescifrables.

La hacienda estaba a media hora del pueblo, por la vía que de Puerto Berrío conduce a Barrancabermeja. Llegaron en plena puesta del sol, cuando aún los últimos destellos de luz se estrellaban contra las colinas verdosas que le daban un aire de magnificencia al lugar. A lo lejos, el mayordomo saludó a Alex y este le dio unas instrucciones que el hombre de rasgos rurales acogió sin miramientos. La hacienda era inmensa. Antonio observó atónito a su alrededor y contempló la extensión de ese paraíso natural que admiró de principio a fin y que habitaba en sus más lejanos recuerdos.

Fueron a una de las terrazas donde había una parrilla y allí Alex preparó el asado que compartirían esa noche. Encendió las brasas y dispuso los cortes de res, el adobo, las mazorcas y demás ingredientes. Destapó una botella de *Jack Daniel's* y sirvió dos vasos.

—¿En las rocas o seco?

—Con hielo está bien —respondió con desparpajo, Antonio.

Alex sonrió y lo miró a los ojos. Le entregó la bebida y tomó su vaso.

—Por el reencuentro y nuestra amistad. ¡Salud! —brindó Alex.

Antonio lo contempló por unos instantes con mirada desafiante.

——¡Por nuestra amistad o lo que sea!

Alex levantó su copa y repitió muy convencido:

—Por lo que sea.

Antonio sintió con ardor el *whiskey* bajando gota a gota por su garganta, mientras observaba descaradamente a Alex con ojos de lujuria.

——¿Cada cuánto vienes?

——Al menos dos veces al mes. Hay que estar pendientes de asuntos del ganado y de las ferias. Mañana, si te animas, vemos algunas especies de brahmán.

——Sí, puede ser.

Cenaron y fueron a la piscina con la botella de *whiskey*. Antonio percibía cómo Alex lo observaba al quitarse las prendas, sus ojos revelaban la fuerte atracción física que sentía hacia él. Auscultaba con malicia el fornido cuerpo y la piel blanco marfil de ese hombre que había despertado esa sombra interna que le había acompañado desde siempre.

—Te ves muy bien para tener cuarenta años.

—Se hace lo que se puede —respondió Antonio con un tono un poco presumido.

Antonio se acercó a una pequeña caseta a un costado de la piscina y encendió una consola ubicada en una mesita de madera. Buscó entre los CD que estaban arrumados y uno llamó su atención. Lo introdujo en el equipo y una música suave con un piano de fondo sonó. Caminó hasta el borde de la piscina donde se encontraba Alex con sus pies adentro del agua y se sentó a su lado. Bebió un sorbo de *whiskey* y miró hacia arriba, suspirando. El cielo estaba cubierto de estrellas en todos los rincones.

—¿En qué piensas? —preguntó Alex.

—Pienso en lo hermoso que es este lugar y en poder estar aquí contigo. Nunca creí que esto fuera posible, ni en mis más recónditos sueños.

—Pues mira, acá estamos.

—Yo creo que en el fondo nos buscamos y de alguna manera nos teníamos que encontrar.

Alex tomó su mano y la apretó entrecruzando los dedos. Antonio percibió cada uno de los calculados movimientos. Sintió su alma lejos de todo dolor, y de sus honduras brotó una especie de regocijo que lo hizo sentir en paz consigo mismo y con la vida.

—¿Soy el primero en tu vida? —preguntó Antonio.

Hubo un breve silencio. Antonio aún observaba el agua y sintió cómo Alex giró su cabeza hacia él.

—El primero y el único.

Su voz sincera resonó en el espíritu de Antonio tan creíble y legítima que no le cupo la menor duda. Eso le bastó para sentirse feliz.

—Recuerdo cuando te besabas con Karen.

—Un par de veces noté cómo nos mirabas.

—¿Lo sabías? ¿Sabías que me gustabas?

—Siempre lo supe, Antonio, desde el primer día en que te tuve cerca.

—Tú atraías todas las miradas, no solo las mías.

——¡Qué dices!

Alex se deslizó rápidamente al interior de la piscina y lo jaló del brazo, haciéndolo sumergir de un tirón. Hundieron sus cuerpos casi por completo en el agua, Alex sujetó con firmeza el torso de Antonio y sus miradas quedaron frente a frente. Se sumieron en un prolongado y delicioso beso del cual emergieron los sabores más dulces y exquisitos del amor. Antonio derribó todas sus murallas, las fortalezas que había construido para detener esa salvaje pasión que lo acechaba. De fondo, la música introducía unas notas celestiales y la noche con sus frescos vientos ambientaban el marco propicio para un encuentro secreto entre dos cuerpos y dos corazones que el universo se había encargado de unir caprichosamente. Bebieron la botella completa, extasiados por el magnificente encuentro, por la liberación de un deseo reprimido por años. Entraron a la inmensa casa y se ducharon. El canto de los grillos se levantó en el inconmensurable silencio.

—Me gustas mucho, Antonio, quiero que lo sepas. Ya tengo una vida hecha, pero te necesito.

Antonio sintió como si quedara atrapado en una red, como si de nuevo cayera a un abismo lleno de peligrosos y oscuros laberintos.

Secaron sus cuerpos y tomaron una ducha. Antonio observó la habitación y los lujos que aquella contenía, se sorprendió al ver la gran cama victoriana de madera labrada con sedosas sábanas de encaje. Alex estaba allí de pie, pensando en algunos asuntos de la hacienda que debía dejar listos antes de su regreso. Antonio se acercó y lo abrazó. Le bajó los interiores y la pantaloneta; luego, él mismo se deshizo de sus calzoncillos. Le besó el cuello con delicadeza, demostrando con cada contacto, el amor que le profesaba. Apagó la luz, quedando iluminados por el tenue brillo de una lamparilla en una mesa de noche. Lo tomó de la mano y lo metió en la cama, poniéndose encima de su macizo cuerpo. Sintió su respiración agitada y le besó la punta de la nariz, lo condujo palmo a palmo por los recónditos caminos de su deseo, sin afanes, con toda una noche en medio de la nada a su entera disposición. Palpó todos sus rasgos faciales y pasó su lengua por sus orejas, viendo cómo su amante se estremecía con aquel contacto húmedo.

Bajó hasta su pecho donde yacía un pequeño bosque de vellosidades oscuras y mojadas por unas casi imperceptibles gotas de sudor. Advirtió ese olor maderoso de su loción que siempre había recordado y lo besó repartiendo su boca por toda la extensión de ese pedazo de piel en el que quiso navegar por horas. Succionó esos círculos oscuros como si bebiera una pócima de la eterna felicidad. Descendió pausadamente por el prominente abdomen siguiendo la ruta de los filamentos de aquel dios terrenal, escuchando en cada movimiento los latidos de un corazón que tenía su propio lenguaje, mientras exhalaba las notas de un idilio que ardía en su interior.

Llegó hasta el trono de su dios egipcio, de su toro Apis. Besó su punta y sintió las cálidas secreciones embriagándolo de placer. Lo introdujo en su boca. Lo succionó de arriba abajo, apretando sus labios y percibiendo los leves quejidos, tantas veces hasta que su boca quedó exhausta. Alex no se resistía a nada, estaba entregado por completo a los designios de su amante. Antonio exploró su entrepierna y lo lamió lentamente con suaves y variados movimientos. Luego, levantándole sus columnas de acero, se aventuró con su lengua en aquella hondura caliente y desconocida, en ese límite y confín del universo.

Volvió a subir hasta su rostro y, súbitamente, Alex extendió su brazo y lo tomó por la nuca, lo giró con fuerza y lo ubicó debajo de él. Ahora era su turno para saborearlo y darle a su paladar la exquisitez de un cuerpo finamente moldeado, largo y exuberante. Antonio introdujo sus dedos en su abundante cabellera y se sostuvo para mantenerse firme ante cada estremecimiento que le producían los múltiples besos y mordiscos que Alex le regalaba con inusitada pasión. Se aferró con sus piernas a las caderas de su amante y se sumergió en un vendaval de aguijoneos constantes que le conmovieron hasta lo más profundo de las entrañas. Después de repasar su cuerpo de arriba a abajo, Alex lo tomó por el torso y lo puso de espaldas. Los besos en la nuca le arrancaron unos gemidos con tintes de un lamento primitivo, y su cuerpo se contorsionó como si no conociera límites. Sintió el miembro de Alex reposar sobre sus nalgas y frotarlas con delirio. Minutos después experimentó cómo socavaba su cuerpo, al tiempo que él se perdía en ese firmamento rebosante de estrellas.

Los tenues rayos del sol que anunciaban el amanecer se colaron por la claraboya dejando ver unas pequeñas partículas levitando en el aire en medio de la colosal habitación. De a poco, la luz se introdujo en todos los rincones de la casa cuyos detalles de arquitectura colonial contrastaban con el mobiliario moderno y algunas pinturas neoclásicas que adornaban los amplios espacios. Alex no estaba en la cama, y Antonio no se inquietó en lo más mínimo. Disfrutó habitar momentáneamente ese lugar, y observar cada detalle. Sus ojos repasaron con detenimiento las cortinas de terciopelo, las lámparas en cristal de murano, los espejos estilo barroco y los muebles en cedro.

Estiró su cuerpo y se puso de pie, entró al baño y luego bajó las escaleras hacia un pequeño balcón lateral que llamó su atención y desde el cual se divisaba un hermoso paisaje, alumbrado por el sol matutino. Un grupo de golondrinas sobrevoló el amplio valle ocupado por cebúes y ganado esparcido en pequeños grupos. Al fondo unas colinas bajas, aparecían ingrávidas, como monumentos sempiternos. Sintió un deseo repentino de quedarse allí eternamente, en ese lugar ajeno que lo seducía, más por lo enigmático que por lo bello. La mano calurosa de Alex lo sorprendió abrazándolo por la cintura, le besó el cuello; y le ofreció una taza de café caliente.

—Báñate y salimos para que conozcas la hacienda, y luego nos vamos al puerto.

Antonio asintió con una breve sonrisa. Bebió lentamente el café y recorrió la casa, queriendo encontrar en los detalles, pistas sobre la vida de su amante. Percibió que su gusto por el arte era una especie de artificio, un lujo sin refinamiento que no sabía apreciar. Palpó cada objeto como si en ellos residiera parte del pensamiento de Alex, fragmentos etéreos de su espíritu.

Después del baño se puso un pantalón corto, una camiseta cuello en v, unos tenis de tela y una gorra. Alex se vistió unos pantalones cortos en drill, unas zapatillas deportivas y una camisa Polo amarilla que resaltaba el color cobrizo de su piel. Tomó sus gafas oscuras y encendió la moto. Antonio subió y emprendieron su camino hacia el pueblo en medio del sofocante clima del mediodía.

El viento tibio golpeaba el rostro de Antonio mientras divisaba a lado y lado la exuberante vegetación, las palmeras y las haciendas que allí se asentaban. A pesar del verdor, el paisaje desvelaba cierta nostalgia. Divisó las vías del tren y contempló su desolación. En torno a los rieles crecía un espeso pasto que apenas dejaba vislumbrar su estructura.

Al acercarse al casco urbano pudo ver las calles invadidas por cientos de motos de lugareños y turistas que se desplazaban de un lugar a otro, desesperados por el ardiente sol que los calcinaba. A los costados, las casas irregulares y multicolores, apenas si respiraban asfixiadas por todo tipo de locales comerciales, restaurantes y hoteles. Pasaron por el monumento al ferrocarril de Antioquia, y dos calles después, Alex se detuvo a comprar licor y unas botellas de agua. Entre tanto, Antonio observaba los rostros de hombres y mujeres en sus ventorrillos de comidas, inmunes al inclemente clima y a la dureza de la vida. Vio algunos hombres en las cantinas aledañas, que lo observaban con sospecha. Se inquietó y fingió ignorarlos. A su regreso, Alex saludó a algunos de esos hombres de apariencia agreste. Sus movimientos eran los de un hombre de mando, de esos que se sienten dueños del mundo. Antonio lo miró con suspicacia y Alex le devolvió una fugaz y maliciosa mirada.

Continuaron su camino y llegaron al puerto de las chalupas. Un olor a pescado y hediondez envolvía el lugar. Antonio observó el río y vio que su caudal no era el mismo de otros tiempos. La gloria de otra época del famoso embarcadero se había esfumado. Sintió gran tristeza, pero se abstuvo de hacer cualquier comentario.

Subieron a una de las embarcaciones chicas y navegaron hasta Barranca donde almorzaron. En el trayecto se avizoraban algunos pescadores haciendo esfuerzos por sacar del caudal lo que sería su único sustento de vida. Al retornar nuevamente al lado de Antioquia, regresaron al centro. Buscaron en los numerosos bares una mesa dónde tomarse algunas cervezas y apaciguar la sed. Hablaron incansablemente de la vida, Alex se atrevió a contar detalles de su familia, de su pasado, cosas que Antonio ya intuía. Lo sintió cercano, como si hubiesen estado juntos toda la vida, pero esa cercanía se convertía en un vacío que su presencia no alcanzaba a copar. Era tenerlo y no tenerlo, estar a su lado y a diez mil kilómetros de distancia. Anheló poder besarlo allí, pero ni siquiera podía mirarlo con amor. De pronto, lo observó como Alex el esposo, el papá, el capataz, el terrateniente, el pandillero, el traficante, el comerciante, el político. Era la reproducción de una figura masculina que estaba cerca de todos menos del propio Antonio.

Planearon el resto del día, tendrían una noche más, era un fin de semana largo y aún había tiempo para darle rienda suelta al amor. Un viento cálido empezó a correr en todas las direcciones y los últimos visos del día se reflejaban como destellos humeantes sobre los cientos de figuras humanas que se desplazaban a pie o en esos ruidosos aparatos de dos ruedas que transitaban por cada esquina, cada cuadra y cada rincón de un pueblo que nunca se detenía. De pronto, el viento le trajo a Antonio ese aroma que penetró hasta su última célula, hasta la más tardía molécula de su humanidad. «¡No me dejes nunca!», pensó, mientras Alex con un gesto de relajo que le era propio desde niño, recreaba su vista con todo el movimiento, envuelto en el estruendoso ruido que emanaba de las discotecas.

Antonio supo que su espíritu empezaba a flaquear y no opuso resistencia, sabía que batallar contra ese sentimiento de amor melancólico, solo acrecentaría más su dolor. ¡Qué más daba! Lo había esperado tanto tiempo y la oportunidad que la vida le había otorgado era tan exigua, tan precisa, que no encontró razón para rehusarse.

—Eres lo que siempre soñé y quise en mi vida —musitó Antonio.

Alex se incorporó de su letargo y lo observó.

—Antonio, sabes que...

—¡No lo digas! Yo lo sé todo, más de lo que puedes imaginar. Simplemente déjame decirlo.

—Sentí la necesidad de estar contigo, no podía dejar pasar esto, Antonio. Tú no podías pasar de largo por mi vida.

——Tú nunca pasaste de largo por la mía. Siempre estuviste ahí, a pesar de la distancia, el tiempo. ... y este momento vale oro para mí.

Alex sacó de un bolsillo una cajetilla metálica de cigarrillos, puso uno en su boca, y luego se la extendió a Antonio, quien aceptó el ofrecimiento. Alex le acercó el encendedor y luego prendió el suyo. Ambos se quedaron en silencio, observando a las personas que iban de un lugar a otro, buscando un sitio en alguno de los locales abarrotados de gente. En una de las discotecas aledañas, las parejas bailaban. La oscuridad que empezaba a abrigar con su velo todo a su paso, encendía en los espíritus noctámbulos un fuego interno como si llegase la hora de un antiguo ritual.

Otra vez, hablaron de los viejos tiempos, de algunos viajes, intimaron con palabras, era una seducción sin tacto. Antonio amaba la rudeza y lo burdo que podía llegar a ser Alex en su forma de expresarse, aunque le recordaba un poco a su padre y en el fondo, aquello le causaba cierto fastidio.

Alex se quedaba observando a Antonio ——cuando este estaba distraído——, tratando de descifrar ese acertijo humano, intentando comprender por qué había sucumbido ante aquella tentación obscena. Cualquier tentativa de obtener una respuesta lo llevaba a nuevas cuestiones aún más complejas. Prefería seguir de largo y no detenerse en elucubraciones complicadas; al fin y al cabo, cualquier conflicto en su vida lo resolvía de una manera práctica, o, sencillamente, no lo resolvía. En realidad, la situación con Antonio era el menor de sus problemas, su vida estaba llena de tramas oscuras, de recovecos indecorosos por los que tenía que ir maniobrando día a día, y sabía muy bien cómo hacerlo.

A eso de las once de la noche dejaron la moto en el pueblo y tomaron un taxi. Ya estaban borrachos y listos para entregarse a un nuevo episodio de pasión y al abrazo de un profundo sueño. A esa hora, la temperatura había bajado considerablemente y el fresco aroma de la noche revitalizó sus semblantes. Alex le indicó durante el camino, dónde quedaba tal o cual lugar, asoció algunos sitios a historias y sucesos en los que había participado, o, simplemente fue testigo. El licor lo puso a hablar un poco de más y en un par de ocasiones mencionó el nombre de su esposa. Antonio pensó en ella y no logró ubicar un sentimiento preciso que eso le suscitase, en todo caso, era algo intermedio entre la culpa y la indiferencia.

Al bajarse del vehículo, caminaron desde el portón hasta la casa, por la vía empedrada, adornada a lado y lado de anturios. Antonio se encaramó en la espalda de Alex como si fuera a caballo, y este salió corriendo; ambos se tumbaron en el pasto, destartalados de risa. Se quedaron contemplando el inmenso cielo estrellado adornado por la luna menguante. Antonio giró su cuerpo y los dos quedaron de frente, se miraron y sus labios se fundieron, resguardados en aquella noche de verano. Se quitaron las camisas, extasiados por el efecto del licor y la calidez nocturna. Antonio se recostó en su pecho y sintió su corazón latir apresurado. Alex le besó el cabello y le acarició el hombro, apretándolo contra su cuerpo. Antonio suspiró, sintió ese olor indescriptible que nunca iba a borrar de su memoria, y que removía en lo más recóndito de su alma ese amor melancólico que ese hombre le suscitaba. Era el preludio de un distanciamiento que se avecinaba irremediablemente para ambos. Se quedaron en silencio por un largo rato, contemplando el infinito cielo y la inmensidad que los albergaba.

—No quiero que esta noche acabe nunca ——susurró Antonio.

—Yo tampoco. —Desearía estar contigo así por mucho tiempo, pero sé que la realidad nos depara otro desenlace.

—No pienses en eso.

—Es imposible no pensarlo, pero qué más da, solo lo acepto.

—Nadie sabe lo que el destino nos depara.

Antonio recibió esas palabras como una esperanza efímera, como una débil soga en medio de un vacío crepitante, pero se aferró a ellas como un moribundo se aferra a su última medicina. Sin embargo, una parte de sí esperaba mucho más, aguardaba una mejor retribución de un amor idílico que lo había acompañado por un largo trecho de su vida. Sabía que nada de lo que hiciera o dijera Alex iba a llenar ese vacío y que este se ahondaría en la medida en que continuara abrigando esperanzas.

Ingresaron a la casa y todo se tornó rutinario, como si una pareja de esposos de muchos años se encontrara de pronto lidiando con la presencia del otro. Pero en este caso no era un asunto cotidiano, sino que, en cada uno de ellos habían emergido sus demonios y fantasmas. De a poco, se fueron sumergiendo en una serie de cuestiones que los indisponían, y en silencio, batallaban con sus consecuencias. Por supuesto, aquello se empezaba a reflejar en sus rostros. No era posible ese goce prohibido sin un excedente de culpa o reproche, y ambos lo empezaron a sentir mucho antes de lo previsto.

—Vamos a la habitación ——propuso Alex.

—Quiero quedarme un rato en el balcón, aún no tengo sueño.

—¿Te sirvo un trago?

—Sí, por favor.

Alex sirvió un par de *Whiskeys* con abundante hielo para los dos. Subieron al balcón, ambos estaban sin camisa. Antonio bebió su trago y dejó el vaso en una mesa; luego, apoyó con firmeza sus manos sobre la barandilla mientras observaba el paisaje cubierto por la oscuridad de una noche misteriosa. Alex se acercó por detrás y lo besó con sutileza, luego bajó por sus hombros y se deslizó por la parte alta de su espalda.

—¿Qué quieres Antonio?

—No lo sé ahora y nunca lo he sabido.

—Me pasa exactamente igual.

—Con la diferencia de que tú siempre obtienes lo que deseas.

—¿Eso te parece?

—No me parece, sé que es así.

—Parece que supieras tanto de mí. Tal vez no me conoces tan bien como crees.

—Puede ser.

——Ni siquiera te imaginabas que podrías gustarme. —decía Alex, sin dejar de besarle la espalda.

—Sí, ha sido uno de los desaciertos más terribles de mi vida, no me lo perdono.

—Pues ya ves, entonces no estés tan seguro de que me conoces muy bien.

Antonio estiró su brazo hacia atrás y le acarició la cabeza con suavidad.

—No pensemos en nada. ——dijo Antonio.

—De acuerdo.

Ambos se quedaron contemplando la nada disfrazada de oscuridad. Estuvieron un largo rato en el balcón sentados en el sofá, haciéndose compañía, aceptando una historia sin principio y sin final. Luego, sin ningún reparo, les provocó hacer el amor justo allí, al aire libre, a la vista de nadie, el escenario perfecto para un momento de pasión. Luego una ducha juntos y las profundidades de un sueño como corolario de un goce subrepticio.

Un aguacero repentino envolvió la mañana y rápidamente las gruesas gotas de lluvia que chocaban contra los tejados, pusieron a Antonio de frente con su ineluctable realidad. Un fuerte dolor de cabeza le recordó los vestigios de la noche anterior, pero el dolor que se empezaba a agolpar en su corazón superaba cualquier afección física que pudiese llegar a sentir. Un huracán de recuerdos irrumpió en la aparente tranquilidad de su mente, llevándolo a una angustia que emergió de la nada y que se elevó por todo su ser en cuestión de segundos. ¿Acaso estaba viviendo las secuelas de una pasión culposa? Los ronquidos de Alex terminaron por profundizar ese sentimiento de aflicción como un taladro, cuya afilada broca se hundía en su alma.

Se levantó de la cama con sigilo y bajó hasta la cocina por un vaso de agua, de pronto, todos los objetos en el interior de esa gran hacienda se le presentaron ajenos, lo perseguían con miradas incisivas. En una mesa esquinera observó las fotos de una mujer, a su lado, otros portarretratos con las imágenes de unos niños pequeños. No cabía duda, era su familia. Sintió espanto y la sensación de agobio se le manifestó en el cuerpo a manera de un sopor repentino. Se bebió el resto del vaso de una bocanada. En el vidrio de una ventana lateral vio su reflejo oscuro y borroso, haciendo contraste con la lluvia furiosa que caía sobre los amplios pastizales. Sus piernas temblaban. Sintió deseos de llorar.

—¿Qué quieres desayunar? la voz de Alex lo sacó repentinamente de sus pensamientos.

—Tal vez más tarde —respondió Antonio mientras seguía mirando por la ventana.

Alex se acercó y le acarició la cabeza.

—No te tortures, no tiene sentido.

Antonio sintió que sus emociones de pronto se reacomodaron. ¿Cómo era posible que Alex tuviera tanto poder sobre su ser?

—Esperemos a que escampe y me acompañas por la moto al pueblo, desayunamos y regresamos para empacar e irnos.

—Está bien, tomaré una ducha mientras tanto.

—Haré café.

A eso de las diez ya había escampado y un taxi los esperaba afuera del portón. La mañana gris traía consigo una pesadez opresora. El camino de anturios se veía desolado y triste, y el futuro inmediato de ambos se dibujaba en el paisaje con la bruma como telón de fondo. Antonio divisó la piedra que años atrás había marcado con las iniciales de ambos y sus ojos se encharcaron. Comprendió al verla, que su fracaso en otras relaciones no se debía tanto a su falta de entusiasmo, como a la descomunal energía guardada en su interior para Alex. La tomó como quien toma una reliquia y la guardó en su bolso sin que Alex se diera cuenta.

En el trayecto al pueblo hubo un silencio profundo. Antonio se vio lejanamente a sí mismo caminando por la carretera en su época del servicio militar, buscando ese lugar y una pista de ese hombre que ahora estaba justo a su lado y a quien había tenido la oportunidad de saborear hasta su último rincón. Una leve sonrisa se dibujó en su rostro y se sintió victorioso. Acuñó para sí mismo un triunfo no buscado, su vida había valido la pena, la espera, el dolor, el sufrimiento, la soledad, ahora todo tenía sentido.

Alex por su parte, reflejaba en su rostro esa imbatibilidad de aquellos que han trasegado por todos los extremos de la vida. Su mirada era imperturbable como el cielo grisáceo y encapotado de esa mañana. Los trazos oscuros con los que había delineado su existencia eran de pronto coloreados por la cálida presencia de un Antonio, que daba sentido a una sombra que lo había asfixiado durante años. No existía certeza de una fecha de caducidad, ni de un para siempre, sin embargo, su unión en ese preciso momento era más sólida que los lazos ocultos con que se teje la vida misma.

—Saldré del país por unos meses —dijo Alex, rompiendo el silencio.

——¿A dónde vas? —indagó Antonio sin dejar de mirar por la ventana, mientras unos tenues reflejos de sol luchaban por abrirse paso entre las nubes.

——A Canadá.

No supo cómo recibir esa noticia: si como una advertencia de su lejanía, de la distancia que le pedía o como un espérame por favor que volveré pronto. Pero en ese momento le importaba más saber si la batalla que se libraba en el firmamento sería ganada por las nubes o el sol. Siguió observando por la ventanilla y se percató de una hermosa acacia amarilla completamente florecida. Todo su ser estaba concentrado en la belleza del paisaje, que no era fácil advertir si no se miraba con detalle.

—¿Toronto o Quebec?

—Ontario.

El taxi se detuvo en una esquina, muy cerca del lugar donde habían bebido unos tragos la noche anterior. Esta vez, las calles estaban desoladas y muchos de los locales comerciales se encontraban cerrados. Era lunes festivo. Al fin, encontraron un sitio abierto donde sentarse a desayunar. Se ubicaron en una de las mesas que daba al exterior del restaurante, y desde allí, observaron el panorama desierto del pueblo. Al fondo se podía divisar el parque El Obrero con su monumento al Ferrocarril. Unas pocas almas habitaban esas calles que ahora se tornaban aciagas. Alex comía su desayuno dando grandes bocanadas y mostrando cierta ordinariez en sus modales; saboreaba ansioso cada trozo de alimento, al tiempo que revisaba afanosamente su celular. Se ponía de pie, respondía mensajes y continuaba probando su comida. Antonio, mientras tanto, imperturbable, tomaba su café y, de vez en cuando dirigía una mirada circunspecta a Alex que se ponía nuevamente de pie y discutía a través de su teléfono sobre asuntos de negocios.

Unas diminutas gotas de lluvia empezaron a descender del cielo como un rocío artificialmente dispensando por los ángeles para refrescar la agonizante mañana. Uno de los meseros del restaurante se acercó y abrió la sombrilla de la mesa donde se encontraban. Alex se puso nuevamente de pie y habló por teléfono, como queriendo huir de esa incómoda escena.

—Espérame, debo ir a recoger algo, ya regreso —anotó Alex.

—No te preocupes.

—No me demoro, voy, recojo algo y traigo la moto para que regresemos a la hacienda y salgamos para Medellín.

——Está bien, te espero acá.

—¿Sabes algo?, hace poco hablé con Karen.

——Ese cambio repentino de tema sorprendió a Antonio, pero no pudo evitar sentir alegría al escuchar noticias de su vieja amiga y compañera de colegio.

—¿En serio? ¿Qué hay de ella?

—Está muy bien, en Francia, casada con un italiano. El próximo mes viene a Colombia.

—¡La quiero ver!

—Le diré que te escriba, no tiene redes sociales.

—Ella siempre está más avanzada que nosotros. —Ambos rieron.

—Ya vuelvo.

La noticia de Karen transportó a Antonio veinticinco años atrás y recordó aquellas reuniones con vino y cervezas en las que leían literatura y poesía, fumaban marihuana y daban rienda suelta a su juventud, esa misma época en que besó a Alex por primera vez, gracias a los buenos oficios de su amiga. Evocó su propia imagen de adolescente escuálido e inseguro y pensó en todo ese sufrimiento innecesario. Recordó a Samu y el entorno escolar que había quedado enterrado en su memoria. Tales añoranzas lo reconfortaron. Miró su celular y vio un mensaje de Francisco: «¿Te acuerdas de la otra noche que estuvimos en la disco? Un amigo mío quedó encantado contigo y te quiere conocer»

Antonio sonrió para sus adentro y pensó: «¿Por qué no?». Claro, esa era la pregunta clave en su vida, el interrogante que estaba aplicando con tan buenos réditos para sí y que le había permitido expandir su horizonte de vida, su visión del mundo y de todo cuanto lo habitaba.

Pasaron diez minutos hasta que observó a Alex al final de la avenida en una esquina, como una alma trásfuga, moviéndose de aquí para allá por la desolada calle, con su bolso terciado. Aún no recogía la moto. Su figura se dibujaba en una trama transparente que las livianas gotas de llovizna le concedían para apaciguar su espíritu que ardía con luz propia. Desde esa distancia, Antonio alcanzaba a ver la expresión de su rostro, cuya omnisciencia en el mundo era innata, con un dominio de lo real y lo mundano, asombroso.

Lo vio caminar hacia él, dando pisadas de minotauro sobre el piso húmedo, domando el espacio a su alrededor, como si todo allí fuera suyo. Pequeñas chispas de erotismo inundaron el cuerpo de Antonio y no se propuso más que estar ahí siempre, esperando a esa figura que lo llenaba de regocijo. Lo acepto así, tal cual era. «¿Por qué no?», se preguntó de nuevo. No sabría hasta cuándo ni de donde obtendría el valor para persistir, pero sabía que su amor imperfecto por él rebosaba todos los límites de lo convencional. Lo observó fijamente mientras se acercaba, se sostuvieron la mirada desde la distancia y ambos acordaron tácitamente mantener aquella relación en los términos que el destino y la vida misma les permitiera.

www.ingramcontent.com/pod-product-compliance
Lightning Source LLC
LaVergne TN
LVHW010703110826
845149LV00014B/3220

* 9 7 8 6 2 8 0 2 2 5 5 1 7 *